Gerhard Kaldewei • Es wehte hier eine andere Luft

Gerhard Kaldewei

Es wehte hier eine andere Luft

Hertha Koenig – Ein Lebensweg

PENDRAGON

Portrait Hertha Koenig

Einleitung – „Es wehte hier eine andere Luft ...“

schreibt der bayerische Schriftsteller und „Revoluzzer“ Oskar Maria Graf in seinen Erinnerungen über den Literarischen Salon der aus Ostwestfalen stammenden Dichterin und Gutsherrin Hertha Koenig. „Junge expressionistische Dichter verkehrten bei ihr, und mit Rilke, Wolfskehl, Bernus und vielen bedeutenden Menschen war sie bekannt.“ Und bewundernd fügt er hinzu: „Sie interessierte sich für das Soziale an der Revolution, und das nicht nur nebenher.“

Hertha Koenig war 33 Jahre alt, als sie 1917 ihren Wohnsitz in der Leopoldstraße in München bezog. Die Wohnung, die ein geradezu herrschaftliches Zimmer, *der Saal* genannt, umfasste, war für Zusammenkünfte im Rahmen eines Literarischen Salons wie geschaffen. Doch nicht an einem repräsentativen Lebensstil war der jungen Frau gelegen. „Das passte zu mir, ungefähr wie ein Schloss zu einem Handwerksburschen“, kommentiert sie ironisch die erste Besichtigung der Wohnung und trifft ihre Wahl aus ganz anderen Beweggründen. „Ob diese viel zu weitläufige Wohnung für mich das Richtige war oder nicht – der Picasso verlangte nach ihrem großen Raum und der große Raum nach dem Picasso.“

„La famille des Saltimbanques“, ihrem geliebten Gemälde, das sie zwei Jahre zuvor in einer Münchener Galerie erworben hatte, den nötigen Raum zu geben – und wegen des Blicks auf den „weiten Abendhimmel hinter den hohen Fenstern“ entschied sie sich für diese Wohnstatt, in der sie bis 1921 leben sollte.

Anderem und Anderen Raum zur Entfaltung zu geben und womöglich für sich selbst solch eine Möglichkeit zu finden, standen bei ihrer Entscheidung im Vordergrund. Und es wird auch dieses Bedürfnis gewesen sein, das die junge und vermögende Dichterin überhaupt in die bayerische Haupt- und Kulturhauptstadt gezogen hatte. Bereits seit ihrer Verheiratung mit dem Literaturwissenschaftler Roman Woerner im Jahre 1910 – eine Ehe, die nur kurze Zeit hielt – hatte sie sich mehr oder weniger in München niedergelassen und als Mäzenin und Förderin sozialer Projekte gewirkt. Oskar Maria Graf war nur einer der Dichter und Intellektuellen, die sie finanziell unterstützte. Sie beherbergte Rainer Maria Rilke und wie sie schreibt, war es auch in erster Linie sein Kreis, der sich im Literarischen Salon zusammenfand. „Meine Bekannten hätten höchstens eine Ecke des großen Raumes gefüllt. Aber Rilke hatte einen Kreis von vielen Menschen. Darunter einige, an denen ihm lag und eine große Anzahl solcher, denen an dem Zusammenhang mit Rilke lag." Selber von gesellschaftlicher Bedeutung hatte sie kein Interesse daran, zum Mittelpunkt zu werden, ja, zeigte sich sogar eher menschenscheu. Von einer Besucherin darauf angesprochen, ob sie denn nicht jede Woche solche Abende veranstalten wolle, erwiderte sie: „Dann würde ich in eine Dachkammer ziehen."

Weniger um Geltung und ein standesgemäßes Leben ging es in Hertha Koenigs gesamter Biografie, sondern vielmehr um persönliche Erfüllung und Anerkennung erbrachter Leistung. So reagiert sie „beleidigt" und „wütend", als sie 21-jährig während ihres Dienstes als ausgebildete

Krankenschwester in Freiburg von einem Patienten mit den Worten begrüßt wird: „Schwester; Sie brauchen sich nicht solche Mühe zu geben, um sich zu verbergen – wenn Sie hereinkommen, weiß man, daß eine Dame im Zimmer ist.“ Hertha wollte keine *Dame,* kein *gnädiges Fräulein* sein, sondern eine gute Krankenschwester: „Auf die Damen und Gnädigen sah ich herab – sie zogen sich schön an, ließen sich bewundern, das war alles. Mein Ideal, Helene Lange, war nicht ausschließlich gelebte Frauenbewegung, aber immer auf das Ernste, Schöpferische gerichtet. Undenkbar wäre gewesen, sie ‚gnädige Frau‘ anzureden.“

„… dieses vorwitzige Begehren nach dem Ganzen …“

Um ihrem Ideal zu folgen, für das „Schöpferische“ Raum zu schaffen und nicht in Konventionen zu erstarren, musste Hertha Koenig offensichtlich Distanz zu ihrer ostwestfälischen Heimat schaffen. Dass ihr „Fluchtpunkt“ München geworden war und nicht eine näher gelegene Großstadt wie etwa das niedersächsische Hannover, spricht von der Bedeutung der bayerischen Residenz als geistiges Zentrum und vom hohen Maß an Freiheit, das sie gesucht hat. Dies brauchte einen möglichst großen Abstand von Familie und Herkunft – einen Raum fernab vom elterlichen Gutshof Böckel, wo sie aufgewachsen war und der sie geprägt hatte. Eindrücklich beschreibt sie die Kindheit in ihren Erinnerungen: „Von einer ‚glücklichen Kindheit‘ zu reden, wäre diesem Begriffe nicht entsprechend; dafür war sie zu still und ernst. Aber man bekommt ja die Kindheit, die man braucht; und die meine war liebenswert." „Dunkel und ernst" sei sie als kleines Mädchen gewesen und ihr humorvoller, oft lakonischer Tonfall und das anekdotenhafte Erzählen täuschen nicht darüber hinweg, dass sie die Kinderjahre auf dem Gut in einer oft bedrückenden Atmosphäre der Schwermut und Einsamkeit erlebt hatte: „Ich spielte weiter im Bach. Nicht mehr dort, wo er aus dem Teich herausfließt durch die Fohlenweide; diese Stelle war bekannt geworden; ich hatte meine Höhle bezogen. […] Dort in dem langen, gewölbten Raum fand mich niemand. In der Mitte lag ein großer Stein. Auf ihm saß ich oft und sah zu, wie draußen vorm Höhleneingang die Sonne mit den Blättern spielte – das könnte so schön sein, wenn man nicht selbst im Dunkeln wäre …" (H. Koenig, „Hinter den Kulissen eines Lebens").

Selbst in einer dunklen Höhle zu sitzen, während draußen Licht und Leben ist – wohl auch ein Bild für das Lebensgefühl und Thema, das Hertha Koenig ein Leben lang umtrieb und in ihrem Schreiben Ausdruck findet. Was sie in ihren Erinnerungen als ihr „vorwitziges Begehren nach dem Ganzen" bezeichnet, das sie bis ins späte Alter hatte büßen müssen, mag von der frühen Erfahrung rühren, selbst Zeuge und Opfer verhinderten Lebens geworden zu sein. So erlebte sie ihren Vater und ihre Mutter als Menschen, denen es im Korsett der Pflichterfüllung und ihres sozialen Standes als Gutshofsbesitzer offenbar nicht möglich war, ein wirklich erfülltes, ihren Bedürfnissen und Neigungen entsprechendes Leben zu führen.

„Ich wusste damals noch nicht, wie ungern er in seinem

Kontor saß bei den großen Büchern und den vielen Zahlen. […] Der Vater hätte viel lieber in Büchern von Sternen gelesen, oder von Gesteinen." Unnahbar und emotionslos scheint ihr der Vater zu sein und umso eindrücklicher, ja, unheimlich wird ihr der Moment, als sie ihn einmal in der Nacht durch die offene Tür zum Elternschlafzimmer im Schlaf die Worte „Und nachts die Sterne" sagen hört – als könnten sich seine Gefühle nur im Traum Bahn brechen und einen Ausdruck finden. „So weit fort" wie den Vater und in strengen Umgangsformen erstarrt, erlebt das kleine Mädchen Hertha auch ihre Mutter. „Vielleicht kam das enge Gefühl und überhaupt alles Mißliche nur durch die zweierlei Art von Spiel – Mutters und meine. Bei *meinem* Spielen brauchte man nicht aufzupassen; alles kam von selbst und alles richtig. Freilich – beide Arten zusammen, das ging nicht." Herthas lebendiges Spiel stößt bei der Mutter auf Ablehnung und an den Puppen, dem Lieblingsspielzeug ihrer Mutter, wiederum kann Hertha keinen Gefallen finden. „Wäre ich wenigstens für die Puppen zu brauchen gewesen! Aber ich liebte sie nicht […] Im Grunde waren es Mutters Puppen. Mit viel Fleiß und Hingabe hatte sie diesen nackten, ausdruckslosen Wesen durch sorgfältige Kleidung Art und Charakter beigebracht."

Es scheint, als spiegelte sich die Mutter in ihren leblosen, aber fein herausgeputzten Puppen, als wären sie ein Sinnbild für ihr eigenes, sich selbst entfremdetes Leben. Doch Hertha taugt nicht zu einem Puppen-Dasein und sie erspürt, dass sich hinter der Fassade ihrer Mutter noch ein gänzlich anderer Charakter verbirgt, hinter der Dame die

Wesenszüge einer lebenslustigen, ausgelassenen Frau: „Andere sagten mir später, welch liebreizende Mutter sie gewesen sei; wie sie mit uns durch die Wiesen und Wald ging und mit uns sang und auf alles aufmerksam machte, was es zu sehen und zu lernen gab. Sie war die Jüngste von dreizehn Geschwistern aus dem Stadtpfarrhaus in Schwäbisch Hall, die Lustigste von allen [...] und nun so einsam in dem tiefgelegenen Gutshof. Abends fast immer im Nebel."

Das wahre und das falsche Leben, die Suche nach der Erfüllung – immer wieder beschreibt Hertha Koenig in ihren Texten, in der kleinen und großen Form, die Sehnsucht nach dem Ganzen und das Scheitern dabei. Besonders eindrücklich in ihren aus dem Nachlass herausgegebenen Erzählungen „Die helle Nacht". In sechs verschiedenen psychologisch feinsinnigen Portraits fiktiver Frauen und Beziehungsgeflechten stellt sie, modern gesprochen, die Frage nach einem authentischen Leben, nach dem wahren Selbst: „Arme Frau! Ihr Leben war zerstört. Seit dem einen kurzen Augenblick vorhin. Früher, da lag ihr noch alles im Ungewissen. Das Unechte war schon da. Auch früher. Aber bei ihren Worten klangen doch manchmal Wunsch und Sehnsucht an mit einem reinen Ton. Sehr leise und von weit her – von einem einzigen Kindertag vielleicht, der nicht verloren ging; von der Stimme eines wirklichen Menschen, die im Vorübergehen haften blieb. Aber noch nie waren Wunsch und Sehnsucht bis zur Entscheidung gekommen. Jetzt erst. Jetzt konnten sie nicht mehr fortgeschoben werden. Sie hatte es selbst gesagt: ‚Ganz, ganz anders werden; umlernen bis ins kleinste – o, ich wollte

… ich möchte …‘ Aber sie tat es nicht.“ (H. Koenig, „Die Tänzerin“, in: „Die Helle Nacht“).

Es sind Momente der Erkenntnis, die nach Konsequenz verlangen würden, nach Veränderung des Lebens und die doch meist keinen Aufbruch nach sich ziehen. Zu tief ist die vorgezeichnete Lebensspur der Protagonistinnen, zu eng sind die längst geknüpften Bande. Unauslöschlich wird Hertha Koenig dabei auch die eigene Erfahrung ihrer unglücklichen, weil unerwiderte Liebe zu dem Schriftsteller Otto von Taube geblieben sein. Eine leidenschaftliche Liebe, die in die Münchener Zeit fällt und in dem Gedichtband „Blumen“ (1919) und ihren persönlichen Briefen einen emotionsgeladenen Ausdruck findet. In dieser Liebe, in der Unbedingtheit dieses empfundenen Gefühls, schien sich für Hertha Koenig auch ein Begehren nach dem Ganzen zu erfüllen. Doch die Sehnsucht war vergeblich.

Immer wieder brach Hertha Koenig auf, um das von ihr so genannte „Ganze“ zu finden. Sie ging auf Reisen, lebte in München, in Freiburg, auf einem Einödhof im Chiemgau; sie arbeitete als Krankenschwester, engagierte sich in zahllosen Projekten. Aber immer wieder kehrte sie an ihren Ursprung, nach Böckel, zurück, um schließlich das Erbe als Gutshofbesitzerin anzutreten. Und dort, am Ort ihrer Kindheit mit dem „Erdgeruch des niederen Landes“ und den „langsamen Bächen mit den spärlichen Blumen, die aus der Wiese bis zu ihrem Uferrand vordringen“, verstarb sie auch. Mit 92 Jahren. Eine Sucherin, eine Dichterin – eine Dame hatte sie nie sein wollen.

Der vorliegende Band zeichnet die Stationen in Hertha Koenigs Leben, die Historie ihrer Familie und des Gutes Böckel nach. Er zeigt vielstimmig Hertha Koenigs künstlerisches Umfeld auf, ihr Engagement und den zeitlichen Hintergrund. Und nicht zuletzt lässt er die Dichterin in ihren Werken selbst zu Wort kommen.

Alexander Häusser

Hertha Koenig mit Kindern auf Gut Böckel

Gut Böckel

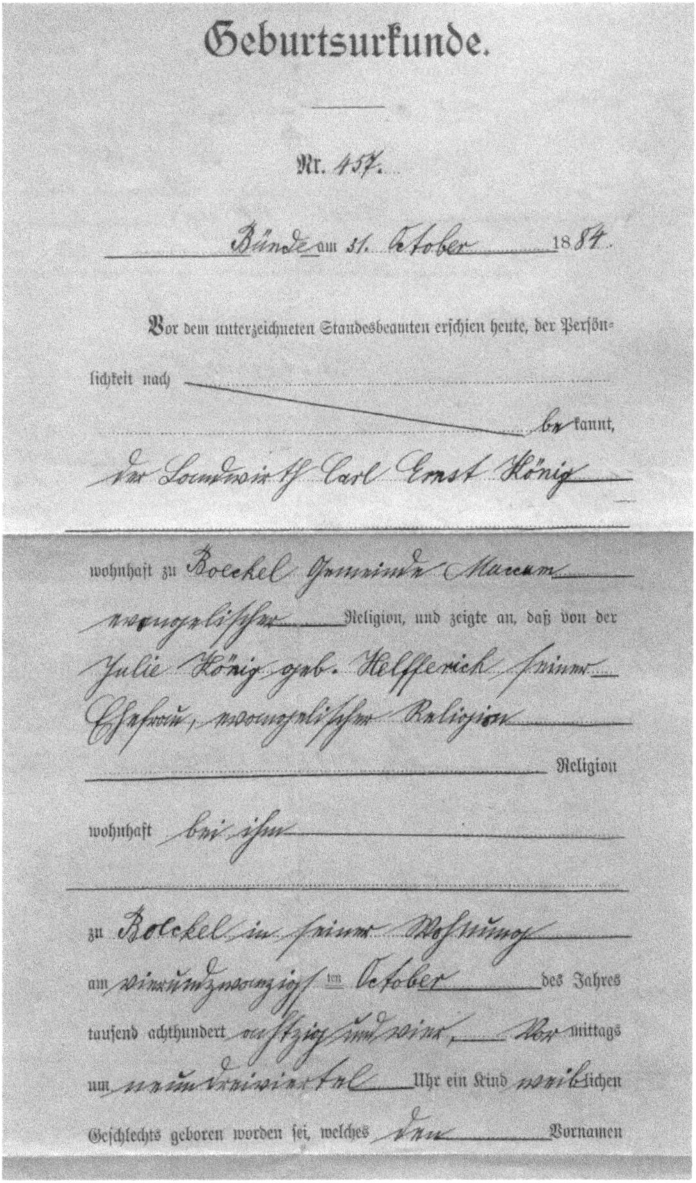

Geburtsurkunde.

Nr. 457.

Bünde am 31. October 1884.

Vor dem unterzeichneten Standesbeamten erschien heute, der Persönlichkeit nach ——— bekannt,

der Landwirth Carl Ernst König

wohnhaft zu Bolckel Gemeinde Muckum

evangelischer Religion, und zeigte an, daß von der

Julie König geb. Helfferich seiner Ehefrau, evangelischer Religion

——— Religion

wohnhaft bei ihm

zu Bolckel in seiner Wohnung

am einundzwanzigsten October des Jahres

tausend achthundert achtzig und eins, Vor mittags

um neundreiviertel Uhr ein Kind weiblichen

Geschlechts geboren worden sei, welches den Vornamen

Geburtsurkunde von Hertha Koenig

Hertha Koenigs Eltern Carl und Julie Koenig

Hertha Koenig und ihr Bruder Siegfried (genannt Helge)

Hertha Koenig und ihre Mutter Julie

Kindheit, Jugend und Ausbildung auf Gut Böckel, in Bonn und Freiburg

„Dass wir uns doch immer noch wundern über die Geschehnisse unseres Lebens. Haben wir nicht im Grunde schon als Kind alles gewusst, wie es kommen muss? Die äußeren Bilder waren noch nicht klar, aber – wenn man es nur genau betrachtet hätte: da gab es schon Augenblicke, die umfassten die ganze Zukunft. Sie soll einmal als kleines Kind zur Mutter gesagt haben: ‚Wir wollen zusammen in den Himmel gehen. Aber vorher wollen wir auch sehen, wie es in der Hölle ist.' Das war schon die Begierde nach dem ganzen Leben."

(H. Koenig, „Die Letzten")

Hertha Koenig wurde am 24. Oktober 1884 auf dem in Ostwestfalen, im heutigen Rödinghausener Ortsteil Büren (bei Bünde, Kreis Herford) gelegenen Rittergut Böckel geboren. Ihre Eltern waren Carl Koenig (1849-1927) und dessen Ehefrau Julie/Julia, geb. Helferrich (1851-1937), die als jüngstes von dreizehn Kindern einer Pfarrersfamilie aus Schwäbisch Hall entstammte.

Bei Herthas Geburt war Carl Koenig seit zehn Jahren der Gutsherr von Böckel. Er hatte den Hof, auf dem Hertha Koenig aufwachsen und der für ihr Leben von so entscheidender Prägung sein würde, als 25-Jähriger von seinem Vater Leopold bekommen. Leopold Koenig (1821-1903), ein deutsch-russischer Fabrikant, der im zaristischen Russland des 19. Jahrhunderts durch industrielle Zuckerproduktion zu großem Reichtum gekommen war, hatte das Gut im Ausblick darauf gekauft, dass sein Sohn „in dasselbe hineinwachsen und es später ganz übernehmen sollte."

„Bruder Carl war aber von dieser durch und durch edlen Absicht der Eltern wenig angetan", führt Carl Koenigs jüngerer Bruder Alexander in seiner Autobiografie aus, „und der Wunsch der Eltern vereinigte sich keineswegs mit dem meines Bruders, so dass es oft zu peinlichen Auseinandersetzungen kam, die zu einer großen seelischen Dissonanz führten."

Unter dem Eindruck einer solchen „großen seelischen Dissonanz" – im Sinne eines inneren Zwiespalts zwischen auferlegter Pflichterfüllung und dem Wunsch nach einem selbstbestimmten Leben – muss auch die auf dem Gut heranwachsende Hertha gestanden haben. „Der Vater hätte viel lieber in Büchern von Sternen gelesen, oder von Gesteinen", heißt es, wie schon eingangs erwähnt, in ihren Erinnerungen. Sie spürte die schwere Last der Verantwortung, die auf den Schultern des Vaters und der Mutter liegt, und dass Besitz und Reichtum auch unfrei machen können.

Worte und Ausdruck für diese Empfindung und Erfahrung findet sie später als Dichterin in ihren Werken. Immer wieder thematisiert Hertha Koenig in ihren Texten auch den eigenen Zwiespalt zwischen Pflichterfüllung und Selbstverwirklichung. So beschreibt sie in der 1920 im S. Fischer Verlag erschienenen Novelle „Die Letzten" die Beziehung eines Geschwisterpaares, das um die Verantwortung für den familiären Besitz ringt – einen Gutshof, der unverkennbar die Züge des westfälischen Gutes Bökel trägt. Unverkennbar darin auch die Reminiszenzen an Hertha Koenigs eigene Kindheit. So findet sich in ihren persönlichen Erinnerungen eben jener Ausspruch, in der Begierde nach dem ganzen Leben, Hölle und Himmel erfahren zu wollen, den sie in der Novelle ihrer Figur Anna in den Mund legt. So zeichnet Hertha Koenig sehr persönlich, empathisch und mit psychologischem Feingefühl die Charaktere ihrer Figuren: den Bruder, der auf der Suche nach dem „richtigen Leben" seiner Schwester eröffnet, dass er nicht länger Gutsherr bleiben und unfrei leben könne. Und die Schwester, die unverstellt ihren Gefühlen freien Lauf lässt und für ihren Bruder überhaupt erst Klarheit und eine befreite Atmosphäre schafft. „Sag, geht es dir auch so, dass der Besitz dich bedrückt? [...] Kannst du dich an deinem Besitz freuen?" Die Fragen ihres Bruders beantwortet sie mit Poesie: „Freuen? Ich freu mich an Blumen und eifrigen Kindergesichtern – weil es das gibt." Die Zweifel ihres Bruders an der für ihn überkommenen Ordnung und der Bedeutung von Besitz, kann sie ihm nicht nehmen und dauern auch für sie selbst fort, obgleich sie sich verpflichtet fühlt, den Bruder zu „befreien", ihn als Gutsherrin abzulösen und die Verantwortung zu übernehmen. Das Geschwisterpaar in der Novelle spiegelt ohne Zweifel Hertha Koenig selbst und ihren Bruder Siegfried (1888-1975) wider. Sie sollten „die Letzten" sein, die später das familiäre Erbe des Gutshofes anzutreten hatten. Aber auch Siegfried zeigte kein Interesse an dieser Aufgabe, heiratete die Norwegerin Aase

Halvorsen (1895-1978) und verließ Deutschland. Hertha war es schließlich, die nach dem Tod ihres Vaters 1927 den Hof übernahm.

Hertha hatte außer dem vier Jahre jüngeren Bruder Siegfried noch zwei Geschwister: ihren älteren Bruder Georg (1880-1898), der nur achtzehn Jahre alt wurde und die Schwester Hildegard, die im Jahre von Herthas Geburt, 1884, zweijährig verstarb.

„Als ich vier Jahre alt war, kam der kleine Bruder. Die beiden Rotdornbäume – damals am Eingang zum Garten – leuchteten in ihrem zärtlichen Rosa. Im Hof blieb der Fliederduft stehen; weiß und lila blühte er zu Seiten des Torbogens an den beiden Treppenaufgängen zum alten Haus. Es muss eine glückliche Zeit für Mutter gewesen sein, weil das alles zu ihr ins Fenster kam; so erzählte sie mir später. Ich war ein Herbstkind. Im Frühling vor meiner Geburt hatten die Eltern des kränklichen Ältesten wegen die Riviera aufgesucht. Das zweijährige blonde Mädchen mussten sie infolge von Diphterie dort begraben – ein strahlendes, heiter beglückendes Kind. Ich war dunkel und ernst. Als eine Tante in meine Wiege schaute, sagte sie: ‚Julie, Du brauchst mir nicht zu erzählen, was Du durchmachtest – das Kind sagt es.‘ Der kleine Bruder war blond, mit großen Augen.“

Es muss für Hertha von Anfang an eine Bürde gewesen sein, dass sie in die Trauer um ihre Schwester, „diesem strahlenden, heiter beglückendem Kind“, hineingeboren worden war. Und bewusst oder unbewusst hatte sie wohl immer vermeintlichen Vergleichen standzuhalten, trotz oder gerade wegen ihrer gänzlich anderen Wesensart. Nicht dem Bild der Tochter zu entsprechen, das sich die Mutter wünscht, wird jedenfalls sowohl in Hertha Koenigs Erinnerungen, als auch in ihren belletristischen Werken immer wieder thematisiert und motiviert wohl auch mit die Suche nach einer eigenen, identitätsstiftenden Aufgabe. Vor diesem Hintergrund darf sicherlich auch ihre spätere Ausbildung als Krankenschwester in Freiburg gesehen werden.

„Mit einundzwanzig Jahren wurde ich Hilfsschwester am Freiburger Diakonissenhaus. Zuerst hatte man in der Hauptsache Putzarbeit zu verrichten und in den Sälen Arzneien auszuteilen. Dann kam der große Tag, an dem man die richtige Schwesternhaube bekam und sich von den Berufsschwestern nicht mehr unterschied."

Zunächst jedoch erhielt Hertha in ihrer späteren Kindheit und frühen Jugend wie die Brüder standesgemäß Unterricht von kompetenten Hauslehrern auf dem Gut Bökel. Erst ab 1898, mit vierzehn Jahren, wurde sie auf die Höhere Töchterschule nach Bonn geschickt. Im Zeugnis der ersten Klasse im Herbst 1899 wurde Hertha in den Kopfnoten und in Handarbeit mit ‚recht gut' beurteilt; im Fach Deutsch tauchten bei ‚Literatur' und ‚Aufsatz' jeweils die Noten ‚gut' auf.

Gut Böckel

Gut Böckel

Leopold Koenig

Gut Böckel

„Das Haus, darin ich 1884 geboren wurde, steht nicht mehr. Es war der Seitenflügel des alten Böckeler Gutshauses, durch dessen behagliches rundes Einfahrtstor man in den letzten Hof gelangt, nachdem man schon von der Steinbrücke des Hausgrabens her durch ein fast gleiches Tor kam. Dann geht es nochmal über eine Steinbrücke, unter der aber schon lange kein Wasser mehr fließt. In gleicher Entfernung vom letzten Tor stehen zwei schieferbehelmte Türme. Sämtliche Bauten des Gehöftes sind um 1680 erbaut; eine arme Zeit, gleich nach dem dreißigjährigen Krieg, in der die ausgehende Renaissance nicht in üppigen Verzierungen schwelgen konnte, sondern den einfachsten Anordnungen und Linien sich fügen mußte."

(H. Koenig, „Hinter den Kulissen eines Lebens")

Herthas Großvater Leopold Koenig (1821-1903), war ein deutsch-russischer Zuckerfabrikant. Er hatte für seinen Sohn Carl im Jahre 1874 von der Bielefelder Industriellenfamilie Delius die alte Wasserburg Böckel erworben, die ursprünglich seit dem 15. Jahrhundert der Familie von Quernheim gehört hatte.

Bereits im 16. Jahrhundert verfügten die Rittersitze Haus Böckel und Haus Kilver „über die größten Ländereien im Kirchspiel, die meisten Leibeigenen und die Gesamtheit der Adelsprivilegien, wie zum Beispiel die Befreiung von der Steuerpflicht und die Mitwirkung an den Geschicken des Landes durch ihre Landtagsfähigkeit. Am Ende des

18. Jahrhunderts ist diese Gesellschaftsordnung, in der der Adel ein Jahrtausend lang eine entscheidende Rolle gespielt hat, alt und brüchig geworden. Die Umwandlung der Lehnsgüter in Eigentum 1717 bringt dem Adel die Steuerpflichtigkeit, aber auch die Möglichkeit zum freien Verkauf ihrer Güter, früher oder später an bürgerliche Interessenten. Ländereien sind nicht mehr die einzige Quelle von Reichtum, und die Abschaffung der Leibeigenschaft durch Napoleon 1807 ermöglicht das Ende adliger Grundherrschaft. Auch wenn sich die Familien derer von Vincke und Korff wehren: mit der französischen Fremdherrschaft schrumpft ihre Bedeutung zu nicht mehr als Bürgern im sich herausbildenden Staat des 19. Jahrhunderts mit großen landwirtschaftlichen Betrieben." (R. Botzet).

Seit dem Jahr 1771 war Böckel das Eigentum des Osnabrücker Landdrosts Ernst VI. Idel Jobst Freiherr von Vincke, des Haupterben des Familienbesitzes auf Ostenwalde bei Melle im Osnabrücker Land. Ein bedeutender Nachfahre, Friedrich Ludwig Freiherr von Vincke, war der spätere Königlich Preußische Oberpräsident der Provinz Westfalen. 1820 wurde Friedrich Gottlieb Köhne erster bürgerlicher Eigentümer des Gutes Böckel.

Der bekannte Bielefelder Textilunternehmer Gustav Delius besaß seit 1841 das Rittergut Böckel; zu jener Zeit (1842) wurden „auf Gut Böckel umfangreiche Baumaßnahmen durchgeführt, und es erhielten viele Arme, bes. in der Bauernschaft Bieren, viel Nahrung und Unterhalt, so dass sie in der nahrlosen Zeit bis zur Ernte ihren Lebensunterhalt verdienen konnten" (R. Botzet). Gustav Delius'

Sohn Hermann, der 1854 u. a. die Ravensberger Spinnerei in Bielefeld mitgegründet hatte, gehörte das Rittergut nach dem Tode seines Vaters Gustav – der 1872 auf Gut Böckel verstarb – lediglich zwei Jahre lang.

Hertha vermachte das Gut nach ihrem Tod 1976 ihrem norwegischen Großneffen Halvor Joergensen (geb. 1945). 1991 verkaufte es dieser an den Bielefelder bzw. Bonner Textilunternehmer Ernst Leffers.

Der mit Hertha Koenig über lange Zeit befreundete Dichter Rainer Maria Rilke beschrieb das ostwestfälische Gut Böckel im Sommer 1917 in einem Brief an seine Mutter Phia (Sophie) Rilke folgendermaßen: „Das Gut Böckel, das Frau Koenig von ihrem Großvater her besitzt, liegt in dem fruchtbarsten, aber auch feuchtesten Theil von Westphalen und hat somit ein Klima, das nur in sehr warmen und trockenen Sommern recht behaglich wird. Dieses ließ sich so an, aber nun regnet es fast schon zu viel für die hiesigen Verhältnisse. Das Gutshaus ist eines jener alten Wasserschlößchen, die von Wassergräben eingeschlossen, im tiefsten Grunde der Landschaft Schutz gesucht haben, also auch ein Haus, das viel Sonne nöthig hat und in dem man in nasseren Sommern sich nicht scheut, ein gutes Kaminfeuer anzulegen; so weit wird es hoffentlich nicht kommen. Das kleine Schlößchen hat einen alten Theil, der noch aus dem 17ten Jahrhundert stammt, eine einfache Schlossfront von zwei vorspringenden Thürmen flankiert, von der zwei vorgelagerte Höfe mit den die Wassergräben überspannenden Brücken die schönste Anfahrt bilden. Dahinter, im innersten, nach dem Parke zu offenen Hof liegt leider ein in den achtziger Jahren erbauter moderner Flügel, der die alte architektonische Einheit stört und durch die unkünstlerische Bauweise jener Zeit ziemlich ärgerlich wirkt."

Letzteres bezog sich demnach auf die Zeit, in der Carl Koenig sein Gut im historistischen Stil aus- und umbauen ließ. An anderer Stelle, in einem Brief vom 3. August 1917 von Gut Böckel an die russisch-deutsche Sozialistin Sophie Liebknecht, die zweite Ehefrau von Karl Liebknecht, bezeichnete Rilke diesen Teil des Gutshofes als „das grässliche neue Haus". Noch an dritter Stelle, in einem Brief vom 19. August 1917 an die böhmische Baronin Sidonie Nadherny von Borutin, schrieb Rilke von Gut Böckel u. a.: „Leider datiert nur ein Theil des Herrenhauses aus dieser kräftigen Zeit, ein sehr kränkender ist in den schlimmen Achtziger Jahren angebaut worden."

Die Familie Koenig – Das Zuckerimperium

„Leopold Koenig hatte als Zuckersieder angefangen. Der Tag des jungen Arbeiters zählte vierzehn Stunden. ‚Flink und verläßlich', hieß es von ihm. Er kam rasch vorwärts. Kaum war er Siedemeister geworden, als seine heitere und unternehmungslustige Mutter Geld für ihn aufnahm, damit er eine eigene Fabrik in Petersburg bauen konnte. Winzig klein war er unter den Riesen der Zuckerbarone."

(H. Koenig, „Der Zuckerkönig")

Johann Georg Koenig, der Vater Leopold Koenigs, wurde 1785 in Gebesee bei Erfurt in Thüringen geboren. Später wurde er Bäckergeselle.

Der preußische Zuckersiedergeselle Karl August Papmehl aus Lissa bei Posen schloss sich Johann Koenig im Jahre 1811 „auf der Walz" an, beide zogen ins russische St. Petersburg, wo Johann Koenig im aufstrebenden St. Petersburger Stadtteil Kolomna ein Haus baute. Später betrieb Karl Papmehl dort im Ortsteil Kolomna eine Zuckerfabrik, in welcher er ab 1837 Johanns Sohn, Leopold Koenig, als Lehrling ausbildete. Nach dem Tode Papmehls 1842 wurde der Geselle Leopold Koenig Geschäftsführer der Zuckerfabrik, bevor er im Jahre 1846 Papmehls Tochter Johanna Caroline (1828-1894) in St. Petersburg heiratete, wo sie eine große Familie gründeten: „Die Koenigs aus St. Petersburg waren eine jener deutschen Handwerkerfamilien, die sich durch Fleiß, Unternehmungsgeist und Gottesfurcht auszeichneten. Das buchstäbliche Glück der Koenigs war das Ergebnis dieser Tugenden.“ (U. Salentin/L. Hammerschmidt).

Leopold Koenig und seine Familie bauten in der zweiten Hälfte des 19. Jahrhunderts, vor allem während der Hochindustrialisierung, im zaristischen Russland unter dem russischen Kaiser Alexander II., der von 1855-1881 regierte, ihre Zuckerfabrik zu einem gewaltigen Zuckerimperium aus. Innerhalb der russischen Nahrungsindustrie zur Jahrhundertwende war das Handelshaus von Leopold Koenig und vier seiner Söhne – Carl, Leopold, Alexander und Friedrich – im Jahre 1904 mit einem Kapital in Höhe von 2,6 Millionen englischen Pfund ausgestattet.

Sein Imperium hat Leopold Koenig nicht nur mit der Zuckerfabrik, sondern auch mit vielen weiteren Immobilien, wie z. B. einem großen Herrenhaus auf der Wyborger Seite von St. Petersburg begründet. Weiter erwarb er als Sommersitz das *Schloss Jekaterinowka* (Katharinenhof) im Stadtteil Kirowski. „Der Reichtum Leopold Koenigs [...] ermöglichte es ihm und seiner Familie, ein großbürgerliches Leben zu führen, zu dem auch zahlreiche nicht-geschäftliche Reisen in Richtung Westen gehörten: nach London und Paris, in die Schweiz, an die Riviera und in mehrere Kurorte in Deutschland, z. B. Bad Wildungen [...] Bad Kissingen, Rüdesheim, Weinheim/Bergstraße, und andere“ (U. Salentin/L. Hammerschmidt).

Im Herbst 1867 machte die große Familie samt Hauslehrern, Dienern und Bediensteten erstmals einen längeren Urlaub in Bonn am Rhein, das – ebenso wie u. a.

Wiesbaden – in der zweiten Hälfte des 19. Jahrhunderts zu einer beliebten und bekannten deutschen ‚Pensionopolis' wurde.

Deshalb und wegen des guten Klimas am Rhein ließ sich Leopold Koenig zusammen mit seiner Familie im Frühjahr 1868 in einer großen Villa samt Park an der Koblenzer Straße nieder. Diese Landhausvilla war, um 1863, von dem aus Mülheim an der Ruhr stammenden Industriellen Albrecht Troost erbaut worden. Die Koenigs und viele andere deutsche Handwerkerfamilien in St. Petersburg waren seit dem 18. Jahrhundert „russische Staatsbürger und Mitglieder der Zünfte. Ungeachtet dieser Einbindung empfanden sie sich als Deutsche und hielten an den deutschen Sitten und Gebräuchen und im Familienkreis auch an der deutschen Sprache fest". Daher wählte Leopold Koenig als seinen neuen Erstwohnsitz für die nächsten Jahrzehnte die preußische Stadt am Rhein, Bonn. Dennoch kaufte er nach dem Ende des Deutsch-Französischen Krieges 1870/71 und der Gründung des Deutschen Kaiserreiches in den Jahren 1874 und 1881 weitere riesige Güter in der Ukraine. 1877/78 ließ Leopold von dem bekannten Bonner Architekten Otto Penner seine Villa am Rhein aufwändig umbauen und erweitern. Trotz dieser großen Investitionen spendete er im Jahre 1890 zusätzlich beachtliche 100 000 Rubel für ein eigenes Heim des Evangelischen Vereins in St. Petersburg.

Für seinen ältesten Sohn Carl, der weiterhin im Zuckerimperium tätig war, kaufte Leopold Koenig 1874 das alte ostwestfälische Rittergut Böckel, das dieser mit Umsicht erfolgreich leitete. Carl Koenig war ab 1867 in Bonn vom privaten jüdischen Hauslehrer Dr. Israel auf das Gymnasium vorbereitet worden, bis Carl das nahe Kgl. Preuß. Gymnasium an der Koblenzer Straße besuchen konnte. Leopold Koenig ging 1899 wieder ganz zurück in seine russische Wahlheimat St. Petersburg, obwohl Zar Alexander III. im Hinblick auf den gewachsenen deutschen Einfluss in Russland ein homogenes russisches Staatsgebilde als gefährdet angesehen hatte. Der autokratische Zar Alexander startete deshalb eine radikale „Russifizierung" gegen den westeuropäischen Liberalismus. Trotzdem löste Leopold seinen großen Haushalt in der Villa in Bonn am Rhein auf und verkaufte sie 1899 an den aus Dortmund stammenden Textilfabrikanten und Kgl. Preuß. Geheimen Kommerzienrat Rudolf Hammerschmidt, den er schon aus St. Petersburg kannte. Wie Koenig gehörte Hammerschmidt zu der später sehr wohlhabenden deutschen Handwerker-Kolonie in St. Petersburg. Im April 1950 kaufte die junge Bundesrepublik Deutschland die ehemalige Villa Hammerschmidt in Bonn, um dort den offiziellen Amtssitz des Bundespräsidenten einzurichten. Am 15. Dezember 1950 bezog Bundespräsident Theodor Heuss zusammen mit seiner Ehefrau Elly Heuss-Knapp die Villa.

Nach dem Tod Leopolds 1903 wurde Carl einer der Teilhaber der riesigen elterlichen Firma in Russland. Nach der Oktoberrevolution 1917 musste er seine wirtschaftlichen Aktivitäten ganz auf das ostwestfälische Gut Böckel konzentrieren, wo er 1927 starb.

Alexander Koenig (1858-1940) wuchs wie Carl ab 1868 in der elterlichen herrschaftlichen Villa Koenig in Bonn am Rhein auf. Er wurde ebenfalls zuerst von Hauslehrern ausgebildet, bevor er bis 1874 das Kgl. Preuß. Gymnasium in Bonn sowie das Gymnasium Arnoldinum in Burgsteinfurt besuchte und 1882 in Demmin in Mecklenburg sein Abitur ablegte. Danach studierte er Zoologie, anfangs in Greifswald, später in Berlin, Kiel und Marburg, wo er seine Dissertation schrieb und im Mai 1884 promovierte. Schließlich habilitierte er sich 1888 in Bonn und wurde dort 1894 zum Professor ernannt. Neben zahlreichen Forschungsreisen und Jagdaufenthalten im Raum St. Petersburg und bis hinauf nach Archangelsk verbrachte Alexander Koenig auch viel Zeit in der Nähe seines Bruders Carl auf Gut Böckel. Er besuchte allein zwischen 1875 und 1895 über 20 Mal das Gut in Ostwestfalen.

Im Jahre 1904 kaufte Alexander Koenig mit *Schloss Blücherhof* in Mecklenburg sein eigenes, großes Gut von den preußischen Freiherren von Maltzahn. Das Gebäude wurde von dem Berliner Architekten Gustav Holland im neobarocken Stil umgebaut und erweitert. Alexander Koenig besaß das Gut bei Klocksin bis ins Kriegsjahr 1940.

Im Jahre 1912 legte Alexander Koenig in Bonn den Grundstein für den Bau eines prachtvollen Naturkundemuseums schräg gegenüber der früheren väterlichen Villa Koenig. Im Jahre 1914 war der Rohbau beinahe fertig, doch nach dem Beginn des Ersten Weltkrieges und der Russischen Revolution 1917 musste die Baustelle des Naturkundemuseums für viele Jahre geschlossen werden. Alexander Koenig verlor große Teile seines nicht unbeträchtlichen privaten Vermögens und musste schließlich 1929, in der Zeit der Weimarer Republik, das Gebäude und die Sammlungen dem Deutschen Reich, d. h. dem Preußischen Staat, übergeben. Im Jahre 1934 wurde das *Naturkundemuseum Koenig* schließlich eröffnet. Nach Beendigung des Zweiten Weltkrieges fand am 1. September 1948 „im Lichthof des Museums die Eröffnungssitzung des Parlamentarischen Rates statt, der das am 23. Mai 1949 offiziell verkündete Grundgesetz der Bundesrepublik Deutschland erarbeitete". Das heutige *Zoologische Forschungsmuseum Alexander Koenig* „ist daher stolz darauf, sich als Geburtsort der Bundesrepublik bezeichnen zu können".

Portrait Hertha Koenig

Postkarte aus St. Petersburg, 7. November 1906

Postkartengruß von der „Isola di Garda", 1906

Die Familie Koenig in Bonn um 1900

Reisen nach St. Petersburg und Florenz

Nach dem Tod des Großvaters Leopold Koenig 1903 unternahmen Hertha Koenig und ihre Mutter Julie Koenig 1904 eine erste Erinnerungsreise nach Russland. Jahre später hat Hertha in ihrem familiengeschichtlichen Buch über den „Zuckerkönig" Leopold Koenig die Welt ihrer deutsch-russischen Vorfahren beschrieben: „Als der erste Güterkomplex gekauft war und Leopold Koenig seiner Mutter davon erzählte, schien die alte Frau enttäuscht. Es war ihr alles nicht groß genug für den Sohn. Mit einem Seufzer sagte sie: ‚Königin von Marokko möchte ich werden!' Dieser Ausspruch seiner alten, schlichten Mutter verwunderte den Sohn. Warum denn gerade Königin von Marokko? Sie meinte mit sorgenvollem Blick: ‚Weil es da furchtbar viel zu ordnen gibt.' [...] Ich erkannte bald, dass der Unternehmungsgeist Leopold Koenigs dieser ererbten Leidenschaft des Ordnens entstammte. [...] So wurde ich [sein] Gehilfe auf diesem größten Vorwerk. Jetzt hatte ich kaum mehr Zeit, mich am Anblick der Felder zu freuen. Die buntgekleideten Frauen blieben gleich Schwärmen schöner Insekten in der Ferne. Mit dem Verwalter zusammen hatte ich die Verantwortung für die Leute zu tragen, hatte zu sorgen, dass die Wagen fertig waren, sie zusammenzuholen, dass in den eigens für sie gebauten Scheunen ihre Lager bereitet wurden. Aus dem Kurk'schen [Gebiet nahe der ukrainischen Grenze] setzten sich ganze Dörfer in Bewegung. Die Familien brachten ihre Kühe und Schafe mit, die sich an Rübenblättern sattfressen durften. Natürlich fraßen sie nicht nur die Blätter, sondern auch Rüben. Aber wir brauchten nicht kleinlich zu sein. Der Ertrag war gut. Von größter Wichtigkeit war die Beköstigung dieser Leute. Wir hielten uns dabei immer an den Grundsatz: nur vom Besten und so reichlich, dass übrig blieb. Jeden Tag, mit Ausnahme der beiden Fastentage, gab es Fleisch, zur Vesper getrocknete Fische. Fünf Stück Zucker und vier Pfund Brot aß jeder pro Tag, bei kühlerem Wetter sogar mehr. Unser Tag begann um vier Uhr morgens, meistens lange vor Sonnenaufgang, und gearbeitet wurde mit kurzen Mittags- und Mahlzeitpausen bis Sonnenuntergang. Aber dann war der Tag noch nicht zu Ende. Aus einer Scheune erscholl Musik. Für jede Plantage waren extra zwei Geigen und ein Basscello bestellt, die abends aufzuspielen hatten. [...] Und der Tanz begann. Sehr hübsche Mädchen gab es da. Sie trugen den Sarafan, Hemd, Rock und gesticktes Mieder. ‚Teufelspuppen' war der Ehrenname, den sie am liebsten hörten. Sie tanzten, bis sie schließlich doch ihr Strohlager anlockte. Jeden Sonnabend wurde dieses Lager erneuert, die Scheune ausgeräumt und gesäubert. [...] Nicht das Roden der Rüben war das Schwierigste, sondern der Abtransport zur Zuckerfabrik. Das Beschaffen der leeren Waggons verursachte mir oft Kopfzerbrechen. Bis zu fünfundachtzig Kilometer lagen die Güter voneinander entfernt. Trostjanez umfasste zwanzigtausend Hektar, Guty war noch größer. Die Gesamtfläche der Güter gab während der Erntezeiten über zwanzigtausend Menschen Arbeit. Das bedeutete Brot für achtzig- bis neunzigtausend Menschen." (H. Koenig, „Der Zuckerkönig")

Im Jahr 1906 machte die 22-jährige Hertha Koenig zusammen mit ihrer Mutter Julie Koenig eine weitere große Bildungsreise, dieses Mal quasi eine verspätete ‚Grand Tour' nach Italien. Wie schon seit dem 17. Jahrhundert üblich, war die Reisestation Florenz im Frühjahr ein Hauptort im Rahmen der europäischen ‚Grand Tour'. Noch um 1900 war Florenz eine der wichtigsten italienischen Städte im Bildungskanon und das nicht nur für junge Menschen.

Um 1900 galt Florenz als die erklärte „Hauptstadt der Renaissance" und als eine der schönsten historischen Städte der Welt. Sie war ein „mondänes Reiseziel, Fluchtburg und ästhetisches Utopia für Kunstsinnige aller Art" (B. Roeck). Am 25. März 1906 besuchte Hertha den berühmten Renaissance-Palazzo *Strozzi* in Florenz, der von dem florentinischen Architekten und Bildhauer Giuliano da Sangallo errichtet worden ist.

Hertha Koenig und ihre Mutter schickten am 5. April 1906 von einem italienischen Raddampfer auf dem Gardasee aus einen Postkartengruß von der sonnigen Isola di Garda: Auf der gezeichneten Karte sieht man einen Teil des historischen, ehemaligen Klostergebäudes (aus dem 15. Jahrhundert), das später von Prinz Scipio Borghese in einen Palast im venezianischen Stil umgebaut wurde.

Hertha und Roman Woerner in Freiburg, um 1910

Portrait Hertha Koenig

Heinrich Tessenow, Festspielhausgelände in Hellerau, um 1913

Hermann Muthesius, Dresden-Hellerau, um 1920

Hertha Koenig und Roman Woerner

Erst einige Jahre nach ihren großen Reisen nach St. Petersburg 1904 und Florenz 1906, verheiratete sich Hertha Koenig 1910 mit dem aus Bamberg gebürtigen, sehr viel älteren Literaturhistoriker Roman Woerner (1863-1945). Dieser war von 1901 bis 1909 Professor am neu eingerichteten Lehrstuhl für Literaturwissenschaft an der Universität Freiburg gewesen. Das Ehepaar wohnte in der Villa Koenig in Freiburg im Breisgau, welche in der Altstadt, Luisenstr. 3, lag. Zeitweise lebten sie auch in München, wo Woerner 1916 Honorarprofessor an der dortigen Universität wurde.

Die Ehe mit Roman Woerner (1910/1913)

Im Zusammenhang mit dem Freiburger Diakonissenhaus, in dem Hertha Koenig einige Jahre gearbeitet hatte, und der Bekanntschaft mit der Dichterin und Schwester Roman Woerners, Ursula Carolina Woerner, die wegen einer langjährigen Erkrankung oftmals dort behandelt wurde, hatte Hertha Koenig schon um 1908 den Schwarzwälder Dichter, Bauern und Lebensreformer Emil Servatius Gött kennengelernt. „Die Bedeutung der jungen Hertha Koenig für Gött, die als Krankenschwester im Diakonissenhaus ihre ersten lyrischen Versuche publizierte und nach Götts Tod Woerners Frau wurde, lässt sich nicht abschätzen. Gött konnte sich eine Zeitlang als Fixpunkt einer literarischen Gruppe fühlen. Außerdem hatten sich durch die

Gründung der Ortsgruppe Freiburg der ‚Deutschen Gartenstadtgesellschaft' die Beziehungen zu den alten Berliner Freunden, besonders Bernhard Kampffmeyer, erneuert." (V. Schupp)

Die *Literarische Freiburger Gruppe* um Woerner, Koenig und Gött, der allerdings wegen eines Herzleidens bereits 1908 starb, hat sich später intensiv um die Muster-Gartenstadt Hellerau bei Dresden gekümmert. Woerner war ebenso der Herausgeber der „Gesammelten Werke" Emil Götts, deren erster Band 1918 im C. H. Beck Verlag in München erschienen ist. Im Vorwort betont Woerner, dass seine Schwester Carolina Woerner die ausführliche Einleitung gemeinsam mit ihm verfasst habe und erklärt: „Und zwar hat sich das Verhältnis zu der Freundin, wie so oft bei Gött, noch aufschlußreicher gestaltet, als das zum Freunde."

Rainer Maria Rilke hat im Herbst 1913 einen Brief aus seinem damaligen Quartier, dem Hotel Marienbad in München, an den „Sehr geehrten Herr Professor Woerner" geschrieben und dabei auch die „Aufzeichnungen Ihrer Frau Gemahlin, im Anschluss an unser Gespräch" erwähnt.

Das elegante und intellektuelle Ehepaar Koenig / Woerner bewegte sich häufig, fast selbstverständlich, in höheren gesellschaftlichen Kreisen, nicht nur in München und in Freiburg, sondern ebenso in der Literaturmetropole Berlin. In ihren „Erinnerungen an Rilke" beschreibt Hertha Koenig die erste Begegnung mit Rilke während eines solchen Aufenthaltes: „Im Januar 1910 waren Roman Woerner und ich auf ein großes Fest beim Verleger S. Fischer in seiner Villa am Grunewald geladen. Nach dem Essen wurde getanzt. Wir standen abseits vor einem van Gogh – ein überschwenglich blühender Kastanienbaum vor einem blauen Himmel, von dem man sich nicht trennen konnte. [...] Frau Fischer kam und flüsterte Woerner und mir zu, wir sollten mitkommen. Sie führte uns durch mehrere kleine menschenleere Zimmer. Im letzten – loin du bal – nicht wie die anderen im Frack, ohne Merkmal dieses glänzenden Festes, stand schmal, still in sich abgeschlossen, bei unserem Kommen den Blick langsam erhebend – Rilke. Hinter ihm die hohe Gestalt von Clara Rilke-Westhoff; die schauenden, sehr dunklen Augen, wie in eines edlen Pferdes kantigem Kopf. [...] Was gesprochen wurde, weiß ich nicht mehr. Weiß nur noch, dass es nicht jene gewohnten Sätze waren, die bei einem ersten Kennenlernen unentbehrlich zu sein scheinen. In diesem kleinen Raum war Stille."

Kurze Zeit später zählte Rilke Hertha Koenig zu seinem beträchtlichen Münchner Freundeskreis: Dazu gehörten u.a. Regina Ullmann, Ellen Delp, Annette Kolb, Karl Wolfskehl, Wilhelm Hausenstein und Paul Klee.

Im Jahr 1913 schrieb Hertha, zusammen mit ihrem Ehemann, eine Postkarte an Emil Sulger-Gebing, Literaturprofessor an der TU München und Professorenkollege von Woerner, auf der es u. a. heißt: „Uns tut's hier sehr gut, bis Ihr kommt, sind wir sehr präsentabel. Eure Hertha." Die Karte zeigt das Herrenhaus des alten Gutes Böckel. Sie schrieb dazu: „Hier hab ich als Kind gespielt (b. Böckel)."

Der entsprechende Poststempel dieser Karte lautete *Weißer Hirsch*, ein exklusiver Villenstadtteil von Dresden.

Die Ehe mit dem 21 Jahre älteren Roman Woerner dauerte insgesamt nur drei Jahre, von 1910 bis 1913. Rückblickend charakterisiert Hertha Koenig später die Heirat als eine Art Missverständnis: „Bei Ihnen und Dr. Schmidt muß ich an Roman Woerner denken –: wenn wir auch Freundschaft und Ehe verwechselt hatten – es war doch wunderschön dies Zusammensein […]. Mir hat mal eine Münchener Bekannte erzählt, es gingen so drollige Zitate von uns um. Direkt nach der Scheidung sei ich ihm um den Hals gefallen und hätte gesagt: ‚Jetzt wird es erst ganz schön.' Und es stimmt, dass unsere Freundschaft bis zuletzt die gleiche geblieben ist." (H. Koenig in einem Brief vom 1.2.1963 an einen unbekannten Empfänger)

Im Zeitraum der Ehe mit Roman Woerner gab Hertha Koenig ihr literarisches Debüt. 1910 erschien der Gedichtband „Sonnenuhr" im C. H. Beck Verlag, München. 1913 veröffentlichte sie im S. Fischer Verlag in Berlin den Roman „Emilie Reinbeck", der die Geschichte der ältesten Tochter einer bürgerlichen Familie im Schwaben des beginnenden 19. Jahrhunderts erzählt.

Es waren familiäre Bezüge, die Hertha Koenig den Stoff für diesen ersten Roman erschlossen: „‚[…] und das ist Tante Emilie Reinbeck', sagte meine Mutter, wenn sie im Hartmannschen Familienbuche auf ein kleines ovales Frauenporträt deutete. ‚Das war die Freundin Lenaus – sie hat nach seinen Gedichten gemalt, und er hat nach ihren

Bildern gedichtet.‘ […] Später fiel mir auf, dass auch ihr Antlitz sich unterschied von all den anderen durch seinen Ausdruck der Enttäuschung um Augen und Mund.“ (H. Koenig, „Emilie Reinbeck“).

Anhand persönlicher Aufzeichnungen ihrer Großtante konnte sie sich auch einen tieferen Zugang zu der Herkunft ihrer schwäbischen Mutter schaffen. Doch sie „wollte mit ihrem Erstlingswerk keinen historischen Roman schreiben, sondern einen, der dem unbedingten Leben und der Liebe nachspürt, was sie mit ihrer Romanfigur verbindet“ (B. Neuparth).

„Ich muss nur erst lernen, mich selbst zu vergessen.“
(H. Koenig, „Emilie Reinbeck“)

Ganz offensichtlich spiegelte sich Hertha Koenig in der Geschichte ihrer Protagonistin Emilie, die aus Freundschaft und Verantwortung mit dem ebenfalls viele Jahre älteren Schulmeister Georg von Reinbeck „eine Heirat eingeht, zu der sie ihr Herz nicht treibt“. Die Traurigkeit Emilie Reinbecks, ihre Sehnsucht nach der großen Liebe, die Emilie dann unerfüllt in dem Dichter Nicolas Lenau findet, dürfte von Hertha selbst empfunden sein.

Denn Herthas große Liebe trat mit Otto von Taube (1879-1973) in ihr Leben – dem baltischen Schriftsteller, der für den Leipziger Insel Verlag arbeitete und mit Rilke bekannt, später auch Gast in ihrem Literarischem Salon in der Leopoldstraße war. Es blieb eine unerwiderte Liebe und das Durchleiden dieses Unglücks markiert eine emotional aufwühlende Zeit, von der die in Hertha Koenigs Nachlass gefundenen Briefe an Otto von Taube zeugen. Nur wenige wussten von ihrer unglücklichen Leidenschaft. Es sind ihre Texte, in denen sie die Gefühle offenbart. So in ihren „Blumen-Gedichten“, von denen sie in einem Brief an Otto von Taube schreibt: „Rilke sagte neulich, er habe mit Anderen über meinen ‚Blumen‘ gesessen und sie bestaunt […] Natürlich sind sie herrlich, es ist doch meine Liebe zu Dir darin.“

Mohn

Du starker liebender Tag,
Der meinen Knospenschlaf duchriß,
An deinem Herzen ward mir das Leben.
Ich hab mich dir geöffnet ohne Scheu,
Brennend für dich als ein Jubel,
Und ich verbarg dir nicht.
Den dunklen Flammenkern.
Wo bist du hingegangen?
Fern zwischen fremden Nächten – wohin?
Und nahmst mich nicht mit dir.
Ein andrer Tag geht mir vorüber.
Ich aber glühe noch von dir –
Ein schmerzlich weißes Glühen.

(H. Koenig, aus: „Blumen“, in: „Frühling im Herbst“)

Indes begegnet Otto von Taube ihren Liebesbezeugungen mit zunehmender Ablehnung und wachsender Distanz, wovon auch ihre Briefe an ihn zeugen. 1918 heiratete Otto von Taube Marie Freiin von Doernberg.

Sich leidenschaftlich einem geliebten Menschen geöffnet zu haben und abgewiesen worden zu sein, hat Hertha Koenig vermutlich ein Leben lang nicht überwunden.

Roman Woerner, Hertha Koenig und die Gartenstadt Hellerau (1908/1918)

Roman Woerner und später auch Hertha Koenig haben sich nach der Jahrhundertwende beispielhaft intensiv um die städtebauliche, architektonische und soziale Entwicklung der Deutschen Gartenstadtbewegung und dabei insbesondere um die Muster-Gartenstadt Hellerau bei Dresden gekümmert. Dort ließ Karl Schmidt, der Begründer der *Dresdner Werkstätten für Handwerkskunst* und DWB-Mitglied, ab 1906 vom Münchner Architekten und Kunstgewerbler Richard Riemerschmid eine große Arbeitersiedlung samt Möbelfabrik außerhalb Dresdens im Sinne des Gartenstadtgedankens „Der Zug der Industrie aufs Land" (K. Hartmann) entwerfen und im Wesentlichen bis zum Beginn des Ersten Weltkrieges zusammen mit den Architekten Hermann Muthesius, Theodor Fischer und Heinrich Tessenow realisieren.

Emil Nolde, der um 1906/07 Mitglied der Dresdner Künstlervereinigung *Die Brücke* war, besuchte Hellerau in dieser Zeit: „In Hellerau in der Dalcrozeschule sahen wir Mary Wigman als junge Anfängerin und folgten ihr, bis sie die große Neugestalterin des Tanzes wurde, in völliger Abkehr vom süßlichen, üblichen Ballett und dem Zehenspitzentanz."

Der Architekt Heinrich Tessenow, der ab 1914 wieder in Hellerau ansässig war, versuchte zum Ende des Ersten Weltkrieges mit der Gründung einer „Handwerker-Gemeinde in Hellerau [...] das geistige Bild eines neuen Lebens und Arbeitens in der von den Folgen des Krieges bedrohten Welt" (O. Kindt) zu entwerfen: „Die Handwerker-Gemeinde in Hellerau besteht aus mehreren selbständigen Handwerksmeistern mit ihren eigenen Werkstätten und aus einigen Handwerkerfreunden. Die Gründung dieser Handwerker-Gemeinde wurde im Sommer 1918 beschlossen und wurde besonders beraten und befürwortet von Harald Dohrn, Jakob Hegner, Hertha Koenig, Karl Scheffler, Professor Dr. Roman Woerner und Dr. Gustav Wyneken." Zu den Handwerkern dieser Gartenstadt-Kolonie zählten unter anderem der Kunstschmied Georg von Mendelsson, der Maler Alexander von Salzmann und die Schriftsteller Emil Strauß und Paul Adler. „Das Projekt der Handwerkerkolonie ist zum großen Teil von Aufträgen aus Schmidts Möbelfabrik und dem Geld einer Mäzenin, der Dichterin Hertha König, abhängig." Sie persönlich stiftete rund 100 000 Reichsmark.

Hertha Koenigs Wohnung in der Widenmayerstr. 32 (1913-1918)

Laut der überlieferten offiziellen Münchner „Einwohnermeldekarte“ (EWK-65-G320, *Stadtarchiv München*) hat Hertha Koenig ihren ersten Wohnsitz in München am 2.10.1913 in der Widenmayerstr. 32/3 bezogen. Erbaut wurde dieses repräsentative, mehrstöckige Jugendstil-Haus 1909 an der Isar im Stadtteil Lehel. Architekt war der Münchner Ludwig Grothe, der um 1900 viele Miet- und Einfamilienhäuser vor allem in München, aber auch in Rosenheim, entworfen hat. Hertha Koenigs Wohnung im dritten Stock war sehr großzügig geschnitten: Um eine zentrale Eingangshalle gruppierten sich sechs Zimmer, Küche und Bad sowie zwei zugehörige Mägdekammern. Die charakteristischen, zeitgemäßen Bauplastiken am Haus schuf der Münchner Bildhauer Joseph Köpf.

Hertha Koenig hatte sich wohl schon seit ihrer Heirat mit Roman Woerner 1910 in der bayerischen Haupt- und Kulturstadt München mehr oder minder länger niedergelassen. Ob sie sich im großen elterlichen Gutshof Böckel und in dessen vorwiegend landwirtschaftlichen Betrieb schon damals eingelassen hat, ist nicht ersichtlich geworden.

Bereits vor ihrer endgültigen Rückübersiedlung nach Gut Böckel um 1933 hatte sie von 1917 bis 1930 den Koenigschen Gutshof im Moosinninger Moos bei Eichenried unweit von München bewirtschaftet; 1922 erbaute sie dort ein „Jagdschlössl“, heute ein Restaurant; die zugehörige Jagd hatte damals der liberale Prinz Ernst-Heinrich von Sachsen gepachtet, der in den 1920er Jahren in München lebte.

Portrait Hertha Koenig

Wohnung Hertha Koenig, hinten: „La mort d'arlequin"

Wohnung Hertha Koenig, hinten: „La famille des Saltimbangues“

Picasso-Bild I: (Das Mahl des Blinden), „Le repas d'aveugle", 1903

Picasso-Bild II: (Die Gaukler), „La famille des Saltimbanques“, 1905

Picasso-Bild III: (Tod des Harlekins) „La mort d'arlequin", 1906

Heinrich Vogeler, Exlibris Hertha Koenig, um 1910

Hertha Koenig, „Neue Gedichte“, Pendragon Verlag, Bielefeld 2007

Hertha Koenig, Rilke und Picasso

„Ich hatte so sehr nur das Bild [La famille des Saltimbanques] geliebt und hatte so nah mit ihm gelebt, dass ich nie auf den Gedanken gekommen wäre, es könne sich je etwas zwischen uns stellen. Und da waren es plötzlich Zahlen, die mich ihm entfremdeten. Das Bild wurde mir unheimlich. Als gehörte es mir schon nicht mehr …"

(H. Koenig, „Erinnerungen an Rilke")

Die Begeisterung für Bilder von Picasso war ein wesentlicher Bestandteil der Bekanntschaft zwischen Rilke und Hertha Koenig. Darüber hinaus entstanden jedoch schon bald freundschaftliche Bande: Während Rilke sie in ihrer literarischen Arbeit begleitete und förderte, sorgte sich Hertha um seine Lebensumstände und unterstützte ihn fürsorglich. So überließ sie ihm im Sommer 1915 für mehrere Wochen ihre Wohnung in der Widenmayerstraße.

Im Februar 1913 erwarb Hertha Koenig für ihre Kunstsammlung ihr erstes Werk von Pablo Picasso: „Le repas de l'aveugle (Das Mahl des Blinden)" von 1903. Sie hatte dieses Gemälde im Februar 1913 bei der renommierten Münchner Galerie Thannhauser erstanden – noch bevor sie Anfang Oktober 1913 ihr repräsentatives Münchner Domizil an der Widenmayerstraße bezogen hat. In der Galerie Thannhauser fand im Februar 1913 die erste große Sonderausstellung von Werken Picassos in Deutschland statt.

Hertha König greift in ihrem Gedicht „Der Blinde“ das Motiv des Gemäldes auf:

Der Blinde

Mir hat die Welt vor ihrem bunten Spiel
Den dichten Vorhang langsam zugezogen;
Das letzte Bild, begierig eingesogen,
Ward mir zerbröckelt, bis es jäh zerfiel.

Wohl könnt ich aus den Trümmern wieder bauen
Der mürben Straßen enggequälte Reihn,
Die Birke, willig lehnend am Gestein,
Und könnt ins trügerische Wasser schauen.

Doch nein. Dies alles schwand in Dunkelheit,
Damit ich mein wahrmütiges Sehen lerne,
Im gläubigen Tasten durch das letzte Leid.

Ich blicke auch zum Himmel. Nicht die Sterne
Seh ich – unsicher funkelnd, trostbereit –,
Doch zwischen dem Gestirn die dunkle Ferne.

(H. Koenig, aus: „Sonette“, in: „Frühling im Herbst“)

Im Jahr 1905 malte Picasso in Paris eines seiner bedeutendsten großformatigen Werke: das Ölbild „La famille des Saltimbanques“, das Hauptwerk seiner „Rosa Periode“. „Nach 1904 verwendet Picasso erneut warme und zarte

Farbtöne für seine Malerei sowie weniger düstere Themen. ‚Die Gaukler' sind das erste Werk der ‚Rosa Periode' und wurden durch die Artisten des Zirkus *Medrano* [am Fuß des Pariser Montmartre] inspiriert, den Picasso oft mit seinen Pariser Freunden besuchte.

Wie eine Röntgenstrahlenuntersuchung der Leinwand enthüllte, hatte er das Bild ursprünglich mit Blautönen begonnen, später jedoch die Position der Figuren und die Farben geändert. Die Akrobatengruppe ist frei von Traurigkeit, die Gesichter sind heiter, ebenso der Kontrast und die Leuchtkraft der Farben, die durch die bemerkenswerte Größe des Bildes verstärkt werden. Das Fehlen eines eindeutig definierbaren Hintergrundes und damit die Anordnung im Nichts spielen jedoch unverkennbar auf die Einsamkeit der Gruppe und des Künstlers im Allgemeinen an, so sehr, dass auch vermutet wurde, Picasso wolle seinen Pariser Künstlerkreis darstellen." (J. Palau). Der deutsch-amerikanische Archäologe Peter-Heinrich von Blanckenhagen schrieb 1950 seinen Aufsatz „Rilke und ‚La famille des Saltimbanques' von Picasso" in einer Münchner Kunstzeitschrift.

Hertha Koenig hat in einem späten Brief an den japanischen Rilke-Forscher Satoshi Tsukakoshi vom 6. Dezember 1964 geschrieben, wie ihr zweites Picasso-Bild, zum Winter 1914/15 in ihren persönlichen Besitz in die Wohnung an der Widenmayerstraße kam. „So will ich Ihnen alles sagen, was mit dem großen Picasso-Bild zusammenhing.

Eines Nachmittags im Winter 1914/15 kam ich in München an der Galerie Caspari vorüber und ging hinein, wie ich öfters tat, um die jeweils dort ausgestellten Bilder zu betrachten. Da kam Herr Caspari auf mich zu und fragte, ob ich ein soeben ausgepacktes Bild von Picasso ansehen wollte. Er führte mich in einen speicherartigen Raum. Da stand ich den lebensgroßen Seiltänzern gegenüber. Das Bild war noch nicht aufgehängt, auf gleicher Ebene wie ich. So wollte mir scheinen, sie stünden im Wasser, statt auf dem spanischen Wüstensand. Ich fühlte augenblicks solche Nähe zu diesen Gestalten, dass ich sie nicht wieder loslassen konnte. Picasso war damals noch nicht so berühmt, dass eine Erwerbung unmöglich erschienen wäre. Sehen und Entschluß war für mich eines."

Diese Erinnerung Hertha Koenigs in Bezug auf die o. g. Münchner Galerie Caspari ist, wie man später feststellte, fehlerhaft: Zuerst einmal hatte Heinrich Thannhauser am 2. März 1914 höchstpersönlich das Gaukler-Bild Picassos in Paris ersteigert und nach München in seine Galerie überführt; zum anderen schrieb Rainer Maria Rilke in einem Brief vom 4. November 1914 an Hertha Koenig über den auch ihr bekannten Münchner Arzt und Psychiater Dr. Wilhelm Schenk Freiherr von Stauffenberg: „Vorgestern abend war Stauffenberg hier bei mir; er beschrieb mir einen Picasso, das Bild eines Blinden, das in Ihrem Besitze ist; hätte ich das gewußt, als Sie hier waren; vielleicht wär es möglich gewesen, es zu sehen. Das große Bild bei Thannhauser, die ‚Gaukler', haben mir diesen Maler mit einem Schlage bedeutend gemacht –, dieses Bild ist gewiß eines der entscheidenden Bilder unserer Malerei: können Sie's nicht retten und erhalten? Dafür müßten die rechten

Hände und die rechte Wand da sein, eh der Kunsthandel es von Zufall zu Zufall in die Preise treibt."

Tatsächlich kaufte die vermögende Gutsherrin und Dichterin im November 1914 das epochale Bild von der Münchner Galerie Thannhauser und hing es in ihrer schönen, großen Wohnung an der Widenmayerstraße auf: „Nun gab es viele gute gemeinsame Stunden vor dem Bild. Rilke fand immer wieder etwas, woran er sich erfreute. Das kleine schwarze Samtjäckchen des Kindes zu dem verwaschenen Rosa, das zarte Händchen auf dem Henkel des Blumenkorbes, das unvergleichlich einsame und doch dabei farbige Grau der spanischen Wüste hinter den grossen Gestalten, der Tonkrug neben der sitzenden jungen Frau.

Als wäre es gestern gewesen, sehe ich, wie Rilke mit Regina Ullmann ins Zimmer trat. Er fasste sie an der Hand und führte sie wie ein Kind: ‚Sieh mal, Regina, jetzt darfst du dieses herrliche Bild sehen!' Meine Freundin Augusta Hartmann war gerade bei mir. Regina Ullmann kannten wir noch nicht. Wie ein verscheuchtes Reh, aus dem Walde kommend, sich in der Lichtung umsieht, so stand sie vor dem Bild aus ihren stark schielenden, dabei aussergewöhnlich schönen Augen, fluchtbereit, und doch von weithin geborgener Ruhe. Sie wirkte, als gehöre sie in das Bild hinein. Denn sie trug ein altmodisches Sommerkleid in verwaschenem Resedagrün, von einer Dorfschneiderin nach uraltem Rezept genäht, hatte, der damaligen Mode entgegen einen grossen Hut auf, wie den einer Schäferin. Ihre ganze Erscheinung hatte etwas Atemberaubendes. Augusta Hartmann und ich haben sie nie wieder so schön gesehen".

Rilke sandte am 4. Januar 1915 an Hertha Koenig „einen kleinen vorläufigen Brief“: „Wie oft inzwischen wars mir recht, dass ich Ihnen damals meine Freude zu Ihrem neuen großen Eigenthum gleich telegraphiert habe –, meine seither so oft unwillkürlich aufempfundene Freude, (so oft mirs einfiel) dass dieses Bild in die fortan erreichbare Welt gerückt ist, da und vorhanden unter uns, das macht diese Welt, zu der aus der ungeheuren Lebens-Ausnahme zurückzukehren, ich mich namenlos sehne, wirklicher …“

Rilkes schrieb in einem Brief vom 11. Juni 1915 aus der Pension Pfanner in München an Hertha Koenig: „[…] Nun kam mir ein wahrscheinlich ganz absurder Gedanke (bitte, bitte strafen Sie ihn rücksichtslos als solchen Lügen, wenn er vor Ihrem Gefühl so erscheint), – mir kam der Gedanke, ob Sie mich rasch und still für eine Weile beim grossen Picasso in der Widenmayerstrasse würden aufnehmen und verbergen wollen? Sehen Sie, so weit bringt mich die Überzeugung Ihrer Freundschaft und Geduld –, ich nehme zehn gegen eins an, dass es nicht geht, dass die Wohnung eingekampfert und verschlossen ist und stadtsommerhaft unzugänglich, ein Zustand, der, wie ich wohl weiss sich nicht redressieren lässt. Und dann werden andere Schwierigkeiten im Wege sein, wer weiss wie viele und hohe. Vielleicht auch üben irgendwelche Nachbarn Klavier, dann ist es schon ausgeschlossen –, nur für den unwahrscheinlichsten Fall will ich Ihnen erzählen, wie meine vage und waghalsige Imagination aussieht. Ich bäte um ein Bett für meine Haushälterin, um die Küche, um die Erlaubnis, an Ihrem herrlichen Schreibtisch zu arbeiten –, alles andere bliebe verschlossen; höchstens würd ich mich mal einen Nachmittag lang vor den Picasso setzen, der mir Muth gibt zu dieser Anfrage, ebenso wie die Gewissheit, dass ich in Ihren guten Räumen vielleicht im Handumdrehen in die Arbeitsverfassung verfallen würde, die ich seit Monaten nicht kannte. Ich könnte mich auch im Picasso-Zimmer ans Arbeiten setzen, beim Balkon, das wäre unbeschreiblich herrlich – und der Balkon selbst; es wäre die vollkommenste Herrlichkeit. Meine Mahlzeiten könnt ich in dem grossen Vorzimmer einnehmen [...] Sie sehen, ich träume vollzählig, wecken Sie mich mit dem festen Griff, denn ich ahne, es geht nicht? – Nicht wahr? (Jedenfalls muß ich Montag hier heraus.) / Verzeihen Sie diese unbescheidene Phantasie; ich würde Sie bitten, einen Modus mit mir zu bedenken für einen Monat. Inzwischen würde ich auf dem Land weitersuchen und mein Hausfräulein ausprobieren, ob ich gemacht bin, mit ihr zu wirtschaften. Als vertrauenswerth und zuverlässig ist sie mir bestens empfohlen. Ich würde mich ‚Wächter am Picasso' schreiben, – verzeihen Sie dieses Presto furioso Ihrem herzlich ergebenen / Rilke."

In ihren „Erinnerungen an Rilke" erzählte Hertha Koenig von ihrem Brief an ihre Mutter nach Hause auf Gut Böckel: „Ich fragte meine Mutter. Denn ich war ja noch eine junge Frau und lebte nicht im bohèmen München, sondern auch dort sehr zurückgezogen, wie auf dem Lande. Ich fragte etwas zaghaft, weil ich fast annehmen musste, dass Mutter es nicht korrekt finden würde. Aber sie sagte: ‚Wenn er keine

Bleibe hat, kannst du es ruhig tun.‘ Ich war sehr froh. Und da gerade meine Abreise nach Böckel bevorstand, wurde alles schnell eingeleitet.“

Diese Worte an ihre Mutter überraschen aus heutiger Sicht, denn zu diesem Zeitpunkt war Hertha Koenig immerhin schon über 30 Jahre alt und hatte eine, wenn auch relativ kurze, Ehe hinter sich. Außerdem hatte sie zumindest alle ihre ungewöhnlichen und aufwändigen Kunsterwerbungen, zuvörderst die Picassos, anscheinend sehr selbständig und ohne Zweifel getätigt; sie hatte keine Scheu, 1914, kurz vor dem Beginn des Ersten Weltkrieges, Picasso höchstselbst in seinem Atelier in Paris zu besuchen. Hinzu kommt noch, dass Hertha Koenig in der literarischen und künstlerischen Szene jener Zeit vor allem in München – nicht nur wegen ihrer Bekanntschaft mit Rilke – eine bekannte Schriftstellerin und Kunstsammlerin gewesen ist; dass sie darüber hinaus mit vielen unprätentiösen und ungewöhnlichen, sozialistischen und konservativen, sogar anarchistischen Männern und Frauen in München bekannt bzw. befreundet war, aufgrund ihrer vermögenden Position eigenverantwortlich oft auch soziale Projekte förderte und ab 1913 einen höchst interessanten Literarischen Salon führte, lässt erahnen, dass sie sich auch „im bohèmen München“ wohlfühlte und Teil dieser besonderen Szene vor allem zwischen 1913 und 1921 gewesen ist. Trotz ihres offenbar selbstbestimmten und selbstbewussten Standes ist es Hertha also ein Bedürfnis, die Einwilligung ihrer Mutter zu erhalten, Rilke bei sich aufnehmen zu dürfen, was natürlich auch ein Licht auf die enge familiäre Verbindung und ihre Beziehung zur Mutter wirft, die – wie einleitend beschrieben – durchaus nicht unproblematisch war. Da ihre Mutter jedenfalls keine Einwände hat, sagt sie Rilke zu.

Noch am selben Tag, am 11. Juni 1915, schrieb Rilke auf Hertha Koenigs positive Antwort hin kurz: „Ja, das geht freilich äusserst wunderbar zu, beste gnädige Frau. Ich staune und athme auf, und es scheint mir alle mögliche Zukunft damit näher und kommender. Haben Sie Dank. / Ich komme also morgen ½ 12 in die Widenmayerstr. 32 zu Ihnen, um alles zu bereden. / Gute Nacht. / Herzlichst Ihr Rilke / (P.S. Ich werde auch meine Haushälterin hinbestellen, dass Sie sie sehen!)" Tatsächlich ist Rilke „also in die Widenmayerstrasse gezogen. Von dort schrieb er mir [H. K.] folgende Briefe: ‚Liebe gütige gnädige Frau, / Danke. Ich will den guten Worten gläubig sein, die ich hier vorfand, und habe in solchem Willen mein reiches köstliches Leben gestern Abend angetreten: eine gute Nacht, ein ruhig-zuversichtlicher Morgen; alles schön und heiter, so wie Sie mirs bereitet haben. / Gestehe, dass ich eben doch den Schreibtisch umgestellt habe, quer in den Raum, vors Fenster, weil die offene Balkontür störte und wegen des (nun daneben gestellten) Stehpultes. Aber das sei das A und W meiner Eigenmächtigkeit. Der Picasso ist grossmüthig – vertraulich (wird vor Sonne geschützt auch schonen ihn meine Augen, da ich ihn nun immer gewahren kann). / Sie wissen nicht wie dankbar und grüssend, Ihr Rilke.'"

Am 28. Juni 1915 schrieb Rilke an den jungen frankophilen Jurastudenten Thankmar Freiherr von Münchhausen: „Lieber Thankmar, so siehts bei mir aus, innen. Äußerlich rüst ich mich, aufs Land zu gehen, wenn sich ein kleines Landhaus findet, wie ich es (für mich allein) suche; sitze vorläufig hier in der Wohnung von Bekannten (die aufs Land gegangen sind) mit dem schönsten Picasso (den ‚Saltimbanques'), in dem so viel Paris ist, dass ich, für Augenblicke, vergesse." Auch in einem Brief vom 22. Juli 1915 an die böhmische Baronin und Salonnière Sidonie Nadherny von Borutin erklärte Rilke: „Augenblicklich sitz ich in einer schönen Wohnung an der Isar. [...] Es ist still hier, fast nicht städtisch, und in meinem Arbeitsraum ist Paris, ist Welt, durch einen großen schönen Picasso, ein wunderbares Bild voller Tradition und eigener Anwendung, der einen großen Theil der einen Wand einnimmt."

Am 23. Juli 1915 machte Rilke in einem Brief an Hertha Koenig auf Picassos herausragendes „Gemälde ‚La mort d'arlequin' aufmerksam und legt eine Photographie des Bildes bei. Den Brief, den Hertha Koenig als den schönsten Brief Rilkes an sich bezeichnete, machte sie nicht zugänglich: er war auch im Nachlaß nicht zu finden. Sie erwirbt das Bild als ihren dritten Picasso." (I. Schnack)

Weiter schrieb Rilke in einem Brief vom 10. Oktober 1915 an die Münchner Schauspielerin und Schriftstellerin Ellen Delp, bevor Hertha Koenig von Gut Böckel in Ostwestfalen aus wieder zurück in ihre Wohnung an der Widenmayerstraße in München zurückkehrte: „Diese Zimmer hier muß ich morgen verlassen, da die Eigentümerin vom Lande zurückkommt, mit ihnen den großen herrlichen Picasso, an dem ich nun seit fast vier Monaten gewohnt habe. Vier Monate – was für Zeiten gehen hin und womit?"

In einem weiteren Brief an die große Kunstsammlerin Marianne Mitford, am 28. Juli 1915 in München lieferte Rilke auch eine konzise Bildbetrachtung über Picassos „Tod des Harlekin" von 1905: „Liebe Marianne / kennen Sie diesen Picasso? Er ist aus norddeutschem Privatbesitz auf einmal im Handel aufgetaucht, steht hier bei Caspari, der mir geschrieben hat, ihn anzusehen. Kennen Sie ihn (fast vermut ichs), so wird die Abbildung ihn bei Ihnen hervorrufen, denn er gehört kaum zu den Bildern, die einem vergeßlich werden. Für den Fall aber, dass Sie ihn nicht kennen, wie mach ich Ihnen die Photographie mitteilsam? Ich wills versuchen. / Wichtig ist zunächst zu wissen, dass alle die Stellen des Hintergrundes und unterhalb des Lagers, die die Reproduktion mit gleichmäßigem Grau angibt, in Wirklichkeit die völlig ungedeckte Pappe sehen lassen, denn es gehört zum Bezeichnendsten dieses Bildes, dass es mit einem Rest von Farben, die überall ausgehen, ganz dünn und dürftig gemalt ist, ich will gleich sagen, mit welchen: Pierrot liegt grau, spinnenwebgrau, auf stark milchglasblauer Unterlage, Helligkeit ist eigentlich nur im Licht des Kissens, gegen das die Gesichts- und Handtöne, der Kragen und die Stulpen an den Ärmeln als zweierlei Bleichen sich auseinandersetzen. Der größere Zuschauer erscheint in welkem Rosa, von dem kleineren sind nur die bleichen Hautfarben zu sehen, damit wäre alles angegeben, wenn nicht auf dem rechten Ärmel des Sterbenden vier Farbenflicken vorkämen: ein Rosa, ein Gelb, ein fast-Schwarz und ein Blau, mit mildester Hand angelegt, aber aus dem Vollen, vollkommen deckend, dicht und leicht zugleich, einig alle vier und doch keine ihre innere Entlegenheit aufgebend, sich behauptend und doch aneinander gestillt, ja als kämen sie unwillkürlich zu einem Glück zusammen, zu Pierrots Verklärung, zu seiner ewigen Seligkeit. Es ist, als wehte das ganze Bild gleichsam an andere Sinne und schlüge erst an dieser vierfachen Stelle ins rein Sichtbare um, etwa wie die Nachtluft lautlos durch einen Garten streicht, nur Fühlbarkeit, nur Atem, – bis irgendwo oben eine Aeolsharfe sie auffaßt und nun hinüberströmt in die Welt des Gehörs. Man möchte fast versucht sein, von diesem viertönigen Anschlag aus dem späteren Picasso zu begreifen, als ob, nach Pierrots Tode, die zerschlagene Welt nur noch in solchen schönen Scherben zusammenkäme. Gehört nicht Pierrots ganzer Leichtsinn dazu, die Gestalten wörtlich zu nehmen, als ob sie greifbar wie Puppen wären und nahrhaft wie schöne Äpfel, die man mit den Augen ißt –, während sie doch hinstürzen, durcheinander und aneinander vorüber und auch der Schauendste noch als ein immer Gestürzter ins Stürzende sieht. So dass Ruhe nur ist im Gefäll, im Flußbett, wo die Stufen nebeneinanderliegen, die den Sturz verursachen, das Hohe und das Tiefe, die Übergänge und die Getrenntheiten. Die Stelle am Ärmel des sterbenden Pierrot gibt zu denken: das ist nicht mehr der Schmerz und die Freude, die Sehnsucht und die Absage, Pierrot stirbt, die sind vorüber, aber man könnte meinen, dies alles sei entstanden, weil das Leben genau über diese Töne ging und fiel, von einem zum andern, – und so bleibt nichts übrig, als nach Pierrots Hingang einfach das Flußbett des Lebens zu malen, das Auf und Ab, die Neigungen und die Widerstände … / So, ich fürchte, ich hab Ihnen nicht viel geholfen, sehen Sie nur die gefalteten Hände Pierrots, die machen eigentlich (selbst in der Abbildung) alles Dazureden überflüssig. Gut. Dann wars also nur eine Ausrede, um, schreibend, eine halbe Stunde bei Ihnen zu sein."

Hertha Koenig schrieb am 6. Dezember 1963 in einem Brief an Prof. S. Tsukakoshi rekapitulierend auch über jenen „Sterbenden Pierrot" von Picasso: „Es hätte einer ‚Anweisung' nicht bedurft. ‚Das ist ja mein Bild', rief ich, als mir ‚der sterbende Pierrot' aus Rilkes Brief entgegenkam. / Ich war vor Jahren durch Ausstellungen gegangen, ohne eine Beziehung zur damaligen Kunst zu finden. Da blieb ich eines Tages vor diesem Picasso-Bild stehen und fühlte mich zugehörig. Der Gedanke, so etwas selber haben zu dürfen, kam mir damals nicht. Ich fühlte mich fortan nicht mehr heimatlos in Kunstausstellungen, weil es dieses Bild gab. Später hörte ich, dass es in Privatbesitz entschwunden sei. Ich nahm an: für immer und trauerte ihm nach. Da begegnete ich bald darauf dem ‚Blinden' aus der blauen Picasso-Periode. Der kam in mein Zimmer. Manch einer entsetzte sich, dass eine junge Frau so etwas Düsteres in ihr Zimmer hing. Für mich hatte dieser ‚Blinde' etwas ungemein Tröstliches."

In ihren „Erinnerungen an Rilke" berichtet Hertha Koenig in einem Brief nach Japan 1963 über ihren legendären persönlichen Besuch bei Picasso in Paris 1914: „Mai 1914 besuchte ich Picasso in seinem Pariser Atelier [in der Rue Schoelcher 5 am Montparnasse]. Weil ich ihm danken wollte für den ‚Blinden'. Sein Anzug, wie der des ‚Blinden' eines russischen Arbeiters: hochgeschlossener dunkelblauer Kittel. Sein Blick funkelte von verhaltener Auflehnung, beinahe gefährlichem Haß. Er zeigte mir seine neuen Bilder. Das war sehr freundlich; zumal ich davor verstummte. Er nagelte damals Stücke von Zigarrenkisten und Zeitungsausschnitte, scheinbar willkürlich, auf seine durchwürfelten Bilder – wer weiß, wie absichtsvoll im Bemühen, eine neue Erkenntnis auszudrücken."

Hertha Koenig konnte ihren „Dank für den ‚Blinden'" leider nicht anbringen: Picasso „ließ ihn kalt abgleiten. Denn er wollte durchaus nichts mehr wissen von seinen Bildern der vergangenen Epochen; lehnte sie fast noch brüsker ab als der spätere Rilke seinen ‚Cornet'. Picasso wollte die Wirklichkeit. Und Rilke wollte sie. Aber dem späteren Rilke genügte die geschaute Wirklichkeit nicht mehr. Ihm blieb nur die Arbeit an sich selbst und ihr dichterischer Niederschlag. Beunruhigt verließ ich das Atelier. Wo war der wirkliche Picasso? / Im Vorliegenden hätte ich nur mein Gedächtnis auszupacken und zu erzählen, wie es damals war. So schreibe ich Ihnen über das weitere Schicksal der ‚Gaukler'": „Im Herbst 1917", genauer gesagt: schon zum 7. Februar 1917, „hatte ich meine Wohnung in der Widenmayerstraße aufgegeben, weil ich aufs Land ziehen wollte. Das kam nicht zustande. In Böckel konnte ich den Winter nicht bleiben. Das große Haus hatte keine Heizung; nur Kachelöfen in den einzelnen

Zimmern. Flur und Gänge waren kalt. Ich mußte schleunig nach einer anderen Stadtwohnung suchen. An einigen Vormittagen sah ich die mir bezeichneten Wohnungen an, die etwa der in der Widenmayerstraße entsprochen hätten. Der Einblick in diese noch bewohnten Interieurs, diese Lebensabdrücke wohlhabenden Bürgertums verursachten mir eine fatale Art von Grauen. Ich wollte das Suchen schon aufgeben. Pflichtschuldig ging ich nur noch zur Besichtigung der bisher unbewohnten Räume im dritten Stock der Leopoldstraße 8. Eine Art Gesandtenwohnung mit einem großen repräsentativen Saal." Wie schon beschrieben, war es schließlich auch das großformatige Bild „La famille des Saltimbanques", das die Wahl der Wohnung entschied: „Und der Picasso – er hing, wie er sich's besser nicht wünschen konnte. ‚Die Farben des Raumes sind wie aus dem Bild herausgezogen', sagte Rilke. Dabei hatte ich nur das Vorhandene verwendet. Außer dem großen Picasso, der die eine Querwand innehatte, hingen noch zwei kleinere Picassobilder weit entfernt gegenüber: ‚der sterbende Pierrot' und ‚der Blinde'. Als Augusta Hartmann zum ersten Mal in die Leopoldstraße kam, setzte sie sich immer wieder an eine andere Stelle und blickte umher. Vorahnend sagte sie: ‚Solch eine Zeit kommt nie wieder'".

Weiter schreibt Hertha Koenig über ihre Picasso-Bilder: „Der Winter 1930 veränderte mein Verhältnis zu den ‚Gauklern'. Die Kunde vom großen Wert der Picasso-Bilder drang, wenn auch verspätet, bis in meine Einöde Aich". Tatsächlich wurde Picasso in den 1920er Jahren nicht nur in Europa zu einem der bedeutendsten und teuersten Maler seiner Zeit, sondern auch zu einem der vermögendsten Künstler: So erstand er im Juni 1930 das *Château de Boisgeloup* in der Normandie, wo er sich bis 1935 hauptsächlich mit der Schaffung von Skulpturen befasste, insbesondere mit dem Modell seiner Geliebten Marie-Thérèse Walter. Den Sommer verbrachte er im südfranzösischen Juan-les-Pins, auch um Stillleben mit Sand zu bearbeiten. Im Herbst zog Picasso mit Marie-Thérèse in eine weitere neue Wohnung in der La Boétie-Straße Nr. 44, nur wenige Schritte von seiner Frau Olga Chochlova entfernt. „Ich hatte so sehr nur das Bild [La famille des Saltimbanques] geliebt und hatte so nah mit ihm gelebt, dass ich nie auf den Gedanken gekommen wäre, es könne sich je etwas zwischen uns stellen. Und da waren es plötzlich Zahlen, die mich ihm entfremdeten. Das Bild wurde mir unheimlich. Als gehörte es mir schon nicht mehr. Ein berühmter Berliner Kunsthändler kam mit Flugzeug, um zu fragen, ob ich es ihm geben würde. Er nannte als erstes Angebot einen hohen Preis. Aber ich spürte dem Herrn ab, mit welcher Gier und Absicht er nach diesem Bilde griff. Ich gab es ihm nicht. Als ich mich aber bald darauf von der Einöde Aich trennte, da wurde das Bild heimatlos. Nach Böckel konnte ich es nicht nehmen. Ein Geschäft daraus machen, das wollte ich um keinen Preis. Endlich ging ich zu einem Kunsthändler, zu dem ich Vertrauen hatte. Ein Oldenburger, dem die Schwermut seines niederen Landes anhaftete. Auf meine Bitte bot er es dem entsprechenden Berliner Museum an. Es wurde abgelehnt. Da bat ich ihn, es zu verkaufen; bat, er möchte mir alles abnehmen, was mit dem Geschäftlichen zusammenhing. Dafür sollte er die Hälfte des Erlöses haben. So bekam ich genau die Hälfte von dem, was der Berliner Kunsthändler mir als erstes Angebot genannt hatte. Ich brauchte damals Geld, um meine hiesige Heimat zu erhalten. Dafür reichte diese Hälfte. [...] Ich glaube so fest an die Führung des grossen Unbekannten über uns – in allem wo es sich um etwas Wahres, Echtes handelt, wie um diesen Picasso. Und da sehe ich jetzt bei meinem von Japan her angeregten Zurückblick: welch ein Segen, dass das Bild nicht nach Berlin kam! Der letzte Krieg hätte es verschlungen. Auch hier in Böckel hätte ich es nicht schützen können. Drüben in Amerika ist es behütet geblieben –, ist da! ... Ich wusste immer in meinem Innern – auch bevor mir vieles heute erst bewusst wurde – dass Rilke einverstanden gewesen wäre. Weil es um meine Heimat ging." (H. Koenig, „Erinnerungen an Rilke")

Durch Vermittlung ihres Bruders Siegfried hat Hertha Koenig ihre beiden Picasso-Werke „Der Blinde" („Le repas de l'aveugle") und „Sterbender Pierrot" („La mort d'arlequin") im November 1950 an den Sohn des früheren jüdisch-deutschen Münchner Galeristen Heinrich Thannhauser, Justin K. Thannhauser, der 1940 nach New York emigrierte, verkauft. Hertha hat also diese beiden Picasso-Bilder über Jahrzehnte immer in ihrem Besitz behalten, obwohl in vielen privaten deutschen Sammlungen die vermeintlich „entarteten Bilder" enteignet wurden. Thannhauser hat diese Picasso-Bilder an amerikanische Privatsammler verkauft.

Hertha Koenig als Kunstsammlerin (1910/1977)

Hertha Koenig hat sich schon von jeher sehr für Kunst, Kultur und Literatur interessiert. Sicher hat sie spätestens nach dem Tod ihres Vaters Carl Koenig auf Gut Böckel eine reichhaltige Kunst- und Kultursammlung geerbt und später selbst ausgebaut; nach ihrem Tod hat die *Kunsthalle Bielefeld* 1977 aus ihrem Nachlass rund 130 Gemälde und Grafiken, einige historische Holzplastiken und 50 Hinterglasbilder sowie (für das spätere *Museum Huelsmann*) sehr viele kunstgewerbliche Objekte bekommen.

Eines der ersten bedeutenden Werke für ihre Kunstsammlung erwarb Hertha Koenig mit dem so typischen schweizerischen Landschaftsgemälde „Am Fuß des Petit Salève“ von Ferdinand Hodler – heute im Besitz der *Kunsthalle Bielefeld.*

Wohl um 1920, möglicherweise im Kontext der Münchner (ab 1922) bzw. Berliner (ab 1923) Galerie der modernen Kunst Franz M. Zatzenstein-Matthiesen, lernte Hertha Koenig Emil Nolde kennen. Die Galerie wurde von der Kunsthistorikerin Hilde Brüggemann gegründet, welche ab 1919 in München studierte. Sie wohnte zuvor zeitweise mit den Freundinnen Regina Ullmann und Hertha Koenig zusammen in deren Wohnung an der Widenmayerstraße und gründete im Anschluss an Studium und Promotion in München die Kunstgalerie. Über sie kam auch ihr späterer Ehemann Eugen Claassen in Kontakt mit zeitgenössischen Malern wie Emil Nolde, Ernst Kirchner oder George Grosz. Der spätere Verleger E. Claassen begann in den Monaten der politischen Wirren der Münchner Rätezeit 1919 mit seinem Kunstgeschichtsstudium: „Vom Elternhaus her den Kreisen um die Familien Wolfskehl und Hofmannsthal verbunden, mit deren Kindern er noch aus der Jugendzeit befreundet war, kam er über seinen Schulfreund Wolfgang Petzet, Münchner Schriftsteller und Kunstkritiker, in engeren Kontakt zu dem Bund freier Menschen, in dem der Schriftsteller Oskar Maria Graf einen großen Freundeskreis von Arbeitern, Studenten und Künstlern um sich scharte." E. Claassen und Henry Goverts gründeten 1934 den bekannten H. Goverts Verlag in Hamburg.

Hertha Koenig förderte, vor allem während der Zeit des Ersten Weltkrieges, den damals noch sehr jungen, expressionistischen Berliner Maler Bruno Krauskopf. In einem Brief von ihr aus Berlin an den mit ihr verbundenen baltischen Schriftsteller Otto von Taube in München schrieb sie über Krauskopf u. a.: „Es ist hier ein junger Maler – ein ganz begabter. [...] Er war vor zwei Jahren, als er krank aus dem Krieg gekommen, eine Zeit in Böckel – dann kam er wieder in den Krieg – als ich das letzte Mal hier war, sah ich ihn kurz nach langer Zeit. [...] Gleichzeitig fiel mir sein schmales überernstes Gesicht auf. [...] Da fragte ich erst vorsichtig einiges; dann bestand ich darauf, dass er offen sagte wie es war – und es kam die erschütternde Wahrheit heraus: Den ganzen Winter gefroren und gehungert. Das unglaublich schlimme daran war, wie er diese Fragen beantwortete – geradezu mit einem gütigen Lächeln, als danke er dem Schicksal für diese Erfahrungen und dass es nichts gab, was ihn von seiner Kunst abbringen konnte.

Denn er fühlt so Starkes und Schönes in sich, das heraus muss und wenn er darüber zugrunde geht. Man kann das nicht so mit dieser würdevollen liebenswerten Schlichtheit wiedergeben – es war unvergesslich. Und nun die Bitte: Dieser Bruno Krauskopf (übrigens als ich Rilke seinen Namen nannte, sagte er: von dem weiss ich durch den jungen Kayserling), von dem Sie neulich sagten, er wäre Ihr Vetter [...] Also dieser Krauskopf ist jetzt als eine Art Zeichenlehrer oder so im Generalstab hier, aber andere Straße als Sie. Nun handelt sich's darum, dass er einen längeren Urlaub für Böckel bekommt, als 14 Tage. Denn dieser Winter war seiner Gesundheit gefährlich, er ist sehr zart. Ausserdem wäre es für ihn als Künstler furchtbar wichtig für die Wintersecession ein paar Bilder zu malen, vielleicht würde Rilke ihm paar mal sitzen [...]."

Offenbar hatte Hertha Koenig mit ihrer Bitte Erfolg, denn zwei Krauskopf-Bilder auf der Berliner Sezessions-Ausstellung 1917 verdanken ihre Entstehung Hertha Koenig, die begabte Künstler zu längerem Aufenthalte auf Gut Böckel einlud. Aus Dankbarkeit malte Krauskopf die Mäzenatin. In einem Brief aus dem Jahr 1963 schreibt Hertha Koenig: „Im Ersten Weltkrieg hatte ich hier Kriegsgäste, von einer Berliner Stelle ‚für geistige Arbeiter'. [Damit war die linke, rote ‚Novembergruppe' gemeint, zu der auch Otto Dix, George Grosz, Raoul Hausmann, John Heartfield, Hannah Höch, Rudolf Schlichter und Georg Scholz zählten.] Unter ihnen war auch der junge Krauskopf, der das dunkle Bild im Treppenhaus von mir gemalt hatte".

Neben Bruno Krauskopf bestand auch ein Kontakt zu dem Worpswedener Künstler Heinrich Vogeler, der bereits Jahre zuvor ein Exlibris für Hertha Koenig angefertigt hatte. In einem Brief von ihm an den Insel Verlag Leipzig heißt es: „Eine bekannte Dame, Frau Hertha König-Wörner (vielleicht ist Ihnen der Name durch einen Roman Emilie Reinbeck bei S. Fischer bekannt) möchte Gedichte verlegt haben“, schrieb der Worpsweder Künstler Heinrich Vogeler am 16. Juli 1913 an den Insel Verlag in Leipzig. Und er fuhr fort: „Das Buch sollte mit 7 Zeichnungen von mir geschmückt werden (anliegend drei Proben). Würden Sie Interesse für den Verlag dieses kleinen Buches haben?“ Bereits am 17. Juli lehnte der Insel Verlag das Angebot von Heinrich Vogeler ab. Mit dem Auslaufen des Jugendstils und der Hinwendung zum vorwiegend typographisch gestalteten Buch war die Zeit der auf diese Weise illustrierten Werke vorbei.

Im April 1917 hielt Hertha Koenig die ersten Exemplare des kleinen Buches „Sonette“ in ihren Händen, erfreut über die sorgfältige Ausstattung schrieb sie an Katharina Kippenberg: „Verehrte Frau Professor! Vor einigen Tagen erhielt ich die ‚Sonette‘ – und da möchte ich Ihnen gern sagen, wie sehr ich mich freue über die schöne Ausstattung, den Einband hatte ich mir nicht genauer für dies Bändchen wünschen können – ich danke Ihnen dafür ganz besonders“. Sicherlich wäre Hertha Koenig entzückt gewesen, wenn 1913, also vier Jahre vorher, keine Absage des geplanten Projektes erfolgt wäre und sich der Insel Verlag schon damals um ein schön ausgestattetes Buch bemüht hätte. Kurze Zeit nach dem Erscheinen der „Sonette" empfahl Rainer Maria Rilke ein weiteres Gedichtmanuskript Hertha Koenigs. „Blumen" erschien 1919 im Insel Verlag.

Im Jahr 2007 erschien der Gedichtband „Neue Gedichte" als „Rekonstruktion eines Buchprojektes von 1913" mit den Zeichnungen von Heinrich Vogeler.

„Bedauerlicherweise befindet sich im Nachlass Hertha Koenigs das Manuskript zu dem geplanten Gedichtband mit dem Titel ‚Neue Gedichte' nicht als geschlossenes Konvolut. Grundlage der hier vorgenommenen Rekonstruktion sind zum einen die Zeichnungen Vogelers, außerdem der im Insel-Verlag erschienene Band ‚Sonette' (1917) und schließlich Briefpassagen aus der Korrespondenz Rilkes und Hertha Koenigs mit dem Insel-Verlag und auch untereinander. Geschrieben um 1910 erscheint der Band ‚Neue Gedichte' nun erstmalig in einer schön gestalteten Sammlerausgabe." (T. Neteler)

Im Jahre 1913 hat Vogeler auch die beiden Ölbilder „Am Teich" und „Sommergarten", wohl noch im Barkenhoff in Worpswede, gemalt; denn im Herbst 1913 zog er nach Berlin und richtete sich dort auch ein kleines Atelier ein, in dem er hauptsächlich Exlibris und Werbegrafiken entwarf. Später erwarb Hertha Koenig diese beiden Vogeler-Ölbilder für ihre eigene Kunstsammlung.

Heinrich Vogeler meldete sich, wie so viele andere Künstler, zu Beginn des Ersten Weltkrieges 1914 freiwillig. Im Winter

1914 kam es zur letzten Begegnung zwischen Vogeler und Rilke. Vogeler schrieb dazu: „Da gewahrte ich einmal vor einem Hotel einen Schlitten, in dem eine in Pelz gehüllte rothaarige Frau saß. Am Schlitten stand Rainer Maria Rilke. Freudig ging ich auf ihn zu und wollte ihm die Hand reichen. Er aber wandte sich kalt ab und stieg ein. Der Schlitten sauste ab. Offenbar wirkte ich in meinem Feldgrau wie ein Gespenst auf ihn, hatte er doch mit dazu beigetragen, dass mein Leben und meine Arbeit in engen Schranken blieb, in denen auch er mit der Romantik seiner eigenen Träume sich bewegte. Jetzt mag er gefühlt haben, dass ich diese Schranken gesprengt hatte. Bittere Enttäuschung für ihn. Mag auch sein, dass er in mir einen Kriegspatrioten sah."

Trotzdem blieb Rilke an Vogeler interessiert. So schrieb er Anfang 1919 einen Brief an Hertha Koenig: „Ein Vortrag Heinrich Vogeler's, er hat ihn in Bremen gehalten, wie Clara schreibt –, mancher Satz ist aus tief erlittener Erfahrung gesprochen [...] ‚Ein nie gekannter menschlicher Zustand ist im Werden: Friede', leider lassen sich daraus so wenig unmittelbare und ununterbrochene Wirkungen ziehen; aber reiner kann man nicht sagen, was wenigstens eines Moments innigstes Wissen war." (I. Schnack)

Personbeschreibung des Inhabers.
Geburtszeit:
Statur:
Haare:
Augen:
Gesichtsform:
Besondere Kennzeichen:
Eigenhändige Unterschrift des Inhabers:

Ausweis Hertha Koenig für Rosenheim, Bayern

In München und Aich bei Rosenheim

In ihren Erinnerungen berichtete Hertha Koenig über das Schicksal ihrer Picasso-Bilder, nachdem sie im Frühjahr 1921 in das kleine Bauernhaus in Aich bei Prutting, nahe Rosenheim (Franz-Josephstr. 32 / 3), umgezogen war: „Das grosse Picasso-Bild [La famille des Saltimbanques] kam als Leihgabe in die Pinakothek, bis ich mit den Handwerkern des nächsten Dorfes [extra] ein kleines Haus baute mit einem Raum, der den ‚Gauklern' entsprach. Fast hing er noch schöner als in München. Der Blick aus den Fenstern ging über Kornfelder hin zu den Bayrischen Voralpen. / Die langen einsamen Winter in der ‚Einöde Aich' wären nicht zu denken gewesen ohne das Zusammensein mit dem Bild. Wenn ich von kurzer Reise zurückkam und als erstes diesen immervertrauten Freund begrüsste – das war Heimat."

Mit „Heimat" hat Hertha Koenig Gut Böckel gemeint. Ihre bayerischen Wohnorte in München und Aich bei Rosenheim waren wohl erst zweite Wahl in Bezug auf Heimat. Dass sie noch einen weiteren Gutshof in Oberbayern am Rande des Erdinger Mooses bei München kaufte (um 1917), die Pschorrschwaige, ist nur unter zeitbedingten Erwägungen zu erklären. Sie wollte anscheinend wegen der bedrückenden Hungersnot und der Versorgungsprobleme im Deutschen Reich und insbesondere auch in Oberbayern während des Ersten Weltkrieges einen Gutshof erwerben, um entsprechenden sozialen Problemen zu begegnen. Sie hatte in München in Kriegszeiten, und später auch während der Münchner Revolutionszeit, solche Probleme immer wieder kennengelernt. So engagierte sie sich unter anderem bei der Gründung der bayerischen kommunistischen Landkommune Blankenburg bei Donauwörth 1919/20 und wollte auf Böckel ein soziales Hilfswerk für Arme errichten.

Ebenfalls zu Beginn der 1920er Jahre engagierte sich Hertha Koenig in sozialer Weise beim befreundeten Bielefelder Pastor und Missionar Gustav von Bodelschwingh in Bezug auf dessen „Verein Heimstätte Dünne" bei Bünde.

Während der Zeit des Dritten Reiches – so berichtete Hertha Koenig in ihren Erinnerungen – wurde „auf das Bauen von Wohnungen gehofft, in denen die vielen Wohnungslosen mit ihren Kindern unterkämen; oder auf Häuschen mit so viel Land, dass man sein Gemüse und Kartoffeln darauf ziehen konnte. [...] Aber so viele der Lebenden warteten vergebens auf eine Wohnung. Wenn nur erst die Kinder wieder gesund aufwachsen! Dann könnte man später zusammenarbeiten und es wieder zu etwas bringen. Dann hätte das Leben wieder einen ganz anderen Sinn!"

Hertha Koenig hat sich in dieser Hinsicht deutlich Gustav von Bodelschwingh zugewandt. Allerdings zog dieser 1939 mit seiner Familie von Oberbauerschaft am Rande des Wiehengebirges nach Berlin: „Bodelschwingh war beflügelt von der festen Hoffnung und der tiefen Erwartung, dass die nationalsozialistische Revolution unter ihrem Führer Adolf Hitler auch die Heimatnot des deutschen Volkes als Ganzem lindern müsse und lindern werde“ (W. Belitz). Wegen einer schweren Erkrankung kehrte von Bodelschwingh bereits 1942 zurück. Er starb 1944 im Alter von 71 Jahren in Bethel. Hertha Koenig war später (s. einen Brief vom 8.10.1961 an Max Picard) auch eng verbunden mit dessen Sohn Friedrich Wilhelm von Bodelschwingh. Er war ab 1946 Leiter der Anstalt Bethel in Bielefeld: „Er ist eigentlich der Einzige hier, mit dem ich etwas Literarisches besprechen kann“.

Rilkes Aufenthalt in der Schweiz

Nachdem Rainer Maria Rilke im Juni 1919 aufgrund der aufreibenden Revolutionszeit München verlassen hatte, zog er in die Schweiz. Während einer Lesereise durch die Schweiz schrieb Rilke am 19. Januar 1920 in Locarno einen der Briefe, die er „an eine junge Frau“ schickte. Dieses Mal schrieb er auch über seine schriftstellerischen Probleme in jener Zeit: „Sollte ich einmal, wonach ich mich unendlich sehne, den richtigen und zusäglichen Platz finden, an dem alles das zusammenwirkte, was meiner Arbeit und Konzentration günstig wäre, – so würde ich mich in dieser Beziehung gewiß bessern und leistungsfähiger und verläßlicher werden. Vor der Hand bin ich noch recht weit davon. Die fatalen, oft bodenlosen Provisorien, in die der Krieg mich gestürzt hat, sind noch lange nicht zu Ende, wie es scheint [...]. Eben da jener ihr letzter Brief eintraf, hatte ich mein refuge in Soglio schon aufgeben müssen, damit begann eine veränderliche Hotelexistenz, die mir immer für alle Korrespondenz so unergiebig bleibt, teils weil die Hotels, selbst die sogenannten besten, nie eine angemessene Schreibstelle bieten, höchstens für Commis voyageurs, teils, weil dann jedesmal so viel persönliche und mündliche Beziehungen mich umgeben, dass alle Ausgaben nach dieser Seite gehen."

Doch im Sommer 1921 fand Rilke schließlich im *Château de Muzot,* einem schlichten Schlösschen aus dem 13. Jahrhundert, eher nur ein hoher Wohnturm, im Kanton Wallis eine dauerhafte, verlässliche, allerdings auch letzte Wohnstätte. Im Mai 1922 erwarb Rilkes Schweizer Mäzen Werner Reinhart, dem Rilke schon 1920 eine Rodin-Bronzestatue aus dem vormaligen Besitz von Hugo von Hofmannsthal vermittelt hatte, das Schloss und überließ es dem Dichter mietfrei. Der wallisische Schlossturm von Muzot erinnerte ein wenig an den „Rilke-Wohnturm" des westfälischen Gutes Böckel von Hertha Koenig. Im Februar 1922 schrieb Rilke an Lou Andreas-Salomé: „Ich hatte vor, Dir heute die anderen drei Elegien abzuschreiben, da es schon wieder Sonntag geworden ist! Aber nun ist, denk Dir, in einem strahlenden Nachtsturm, noch eine Elegie dazugekommen, die der ‚Saltimbanques'. Das ist aufs wunderbarste ergänzend, nun erst scheint mir der Elegien-Kreis wirklich geschlossen. Sie kommt nicht als Elfte hinzu, sondern wird (als Fünfte) eingefügt, vor der ‚Helden-Elegie'. […] Und so sind also auch die ‚Saltimbanques' da, die mich eigentlich schon seit der allerersten Pariser Zeit so unbedingt angingen und mir immer seither aufgegeben waren."

Die fünfte Elegie
(Frau Hertha Koenig zugeeignet)

Wer aber sind sie, sag mir, die Fahrenden, diese ein wenig
Flüchtigern noch als wir selbst, die dringend von früh an
wringt ein wem, wem zu Liebe
niemals zufriedener Wille? Sondern er wringt sie,
biegt sie, schlingt sie und schwingt sie,
wirft sie und fängt sie zurück; wie aus geölter,
glatterer Luft kommen sie nieder
auf dem verzehrten, von ihrem ewigen
Aufsprung dünneren Teppich, diesem verlorenen
Teppich im Weltall.
Aufgelegt wie ein Pflaster, als hätte der Vorstadt-
Himmel der Erde dort wehe getan.
Und kaum dort,
aufrecht, da und gezeigt: des Dastehns
großer Anfangsbuchstab ..., schon auch, die stärksten
Männer, rollt sie wieder, zum Scherz, der immer
kommende Griff, wie August der Starke bei Tisch
einen zinnenden Teller. [...]
Plätze, o Platz in Paris, unendlicher Schauplatz,
wo die Modistin, Madame Lamort,
die ruhlosen Wege der Erde, endlose Bänder,
schlingt und windet und neue aus ihnen
Schleifen erfindet, Rüschen, Blumen, Kokarden,
künstliche Früchte –, alle
unwahr gefärbt, – für die billigen
Winterhüte des Schicksals.

Engel!: Es wäre ein Platz, den wir nicht wissen, und dorten,
auf unsäglichem Teppich, zeigten die Liebenden, die's hier
bis zum Können nie bringen, ihre kühnen
hohen Figuren des Herzschwungs,
ihre Türme aus Lust, ihre
längst, wo Boden nie war, nur an einander
lehnenden Leitern, bebend, – und könntens,
vor den Zuschauern rings, unzähligen lautlosen Toten:
Würfen die dann ihre letzten, immer ersparten,
immer verborgenen, die wir nicht kennen, ewig
gültigen Münzen des Glücks vor das endlich
wahrhaft lächelnde Paar auf gestilltem
Teppich?

(Rainer Maria Rilke, „Die fünfte Elegie",
in: „Duineser Elegien")

Hertha Koenig erhielt im Erscheinungsjahr 1923 „die schönste Ausgabe der Elegien in Rilkes Auftrag vom Insel Verlag zugeschickt." Sie „ahnte nichts von Rilkes Absicht, meinen Namen über die fünfte Elegie zu schreiben. Er lebte ja damals längst in der Schweiz, während wir hier zurückgeblieben waren in den bedrückenden Nachkriegszuständen. Das Jenseits-der-Grenze ergab ein merkwürdiges Entferntsein. Ich erstarrte in Schweigen".
Hertha Koenig kannte die ersten „Duineser Elegien" „in ihrer ursprünglichen Form. Stauffenberg hatte sie schon 1914 mitgebracht, wenn er manchmal abends nach seinem schweren Kliniktag mit Professor Emil Wolff zu mir in die

Widenmayerstrasse kam. / Es war Sommer. Meine Freundin weilte gerade hier in Böckel. Ich weiss nicht mehr, was es war, das mich hinderte, weiter zu lesen; ich gab ihr das Buch und sagte: ‚Ich komme jetzt nicht dazu; lies du zuerst.' Am nächsten Tag sagte sie: ‚Du, die Elegie mit deinem Namen ist merkwürdig.' Mit meinem Namen? Nun las ich. [...] Es war so vieles unausgesprochen zwischen Rilke und mir gewesen und geblieben. Erst als ich schon sehr alt war, begriff ich, dass es gut so gewesen ist."

In einem der letzten Briefe von Rilke „an eine junge Frau" aus der Schweiz vom *Château de Muzot sur Sierre* (Valais) vom 2. Februar 1923 berichtete Rilke über die allgemeinen deutschen Verhältnisse nach dem Ersten Weltkrieg: „Was geschieht? Und was sind wir in diesem Geschehen? – Es ist, auch immer noch wie im Kriege, aufdringlich und dabei doch kaum uns angehend, ein fremdes Unglück, in das man mit verwickelt wird. [...] Für mich, so wie ich alles sehe und es, meiner Art und Anlage nach, erleben muß, besteht kein Zweifel, dass es Deutschland ist, das, indem es sich nicht erkennt, die Welt aufhält. Die vielfältige Zusammensetzung und weite Erziehung meines Blutes gewährt mir eine eigentümliche Distanz, dies einzusehen. Deutschland hätte, im Jahre 1918, im Moment des Zusammenbruchs, alle, die Welt, beschämen und erschüttern können durch einen Akt tiefer Wahrhaftigkeit und Umkehr. Durch einen sichtlichen, entschlossenen Verzicht auf seine falsch entwickelte Prosperität –, mit einem Wort: durch jene Demut, die so unendlich seines Wesens gewesen wäre und ein Element seiner Würde und die allem zuvorgekommen wäre, was man ihm an fremdartiger Demütigung diktieren konnte. […] Es wollte beharren, statt sich zu ändern. Und so fühlt man nun: … etwas ist ausgeblieben. Ein Datum fehlt, an dem Anhalt gewesen wäre –. Eine Sprosse fehlt in der Leiter, daher die unbeschreibliche Besorgnis, die Angst, das ‚Vorgefühl eines jähen und gewaltigen Sturzes' … Was tun? Halten wir uns jeder auf unserer noch stillen, noch verläßlichen kleinen Lebens-Insel, das Unsere leistend auf ihr, das Unsere leidend und fühlend."

Rilke waren die unmittelbaren Ereignisse, die im Januar 1923 vor allem in der deutschen Weimarer Republik geschehen waren, auch aus der friedlichen Schweiz heraus besorgniserregend präsent: Dabei ging es konkret um die am 2. Januar beginnende Konferenz über die durch die Weimarer Republik zu leistenden Reparationszahlungen nach dem Ersten Weltkrieg sowie den am 11. Januar im Konflikt um diese deutschen Reparationsleistungen beginnende Besetzung des Ruhrgebietes durch französische und belgische Truppen.

Seit 1923 musste Rilke sich mehrmals wegen Krankheit in ein Sanatorium begeben; 1924 konstatierten die Ärzte eine Leukämie-Erkrankung. Er starb am 29. Dezember 1926 im Sanatorium Val-Mont bei Montreux und wurde Anfang Januar 1927 auf dem Bergfriedhof von Raron in der Schweiz beigesetzt.

Hertha Koenig, Elsa Bruckmann und ihr Literarischer Salon in München (1913-1930)

Rilke hatte für Hertha Koenigs literarische Arbeit und ihre Auseinandersetzung mit den geistigen und gesellschaftlichen Strömungen der Zeit eine Schlüsselposition inne. Was durchaus auf Gegenseitigkeit beruhte. Der von ihr geführte Literarische Salon in ihrer geradezu hochherrschaftlichen Wohnung an der Leopoldstraße lebte – wie bereits erwähnt – nicht zuletzt auch durch seine zahlreichen Kontakte, hatte aber auch für ihn selbst eine repräsentative Bühne geboten. So schrieb Caroline Fürstin Cantacuzène, die Mutter Elsa Bruckmanns, am 15. Mai 1918 an Rainer Maria Rilke über einen dieser Salonabende in der Wohnung an der Leopoldstraße 8: „Frau König habe ich schon telefonisch abgesagt und ihr für den schönen Abend gedankt. Es war sehr anregend und gemüthlich. Die Räume wunderschön und Fr. K. so ungemein liebenswürdig. / Ich kam sehr gut nach Hause und danke noch bestens für Ihre Begleitung. / Ihre ergebene Fürstin Cantacuzène." Die Fürstin Cantacuzène bezog sich dabei wahrscheinlich auf einen „Leseabend" in Hertha Koenigs Wohnung am 13. Mai 1918, zu dem Rilke auch Grete Lichtenstein und Wilhelm Hausenstein gebeten hatte, um „dort im Saal, in dem die Picasso-Bilder hängen, einige Gedichte von Alfred Wolfenstein zu lesen." Am „10. May" teilt er auch Erwein von Aretin mit: „Am Montag Abend lese ich im Picasso-Saal bei Frau König einige Gedichte von Wolfenstein. Frau König hätte Freude, Sie bei dieser Gelegenheit bei sich zu sehen und ich bitte Sie herzlichst, zu kommen (etwa ¾ 9, nach dem Essen)“.

Mit Elsa Bruckmann war Hertha Koenig seit vielen Jahren befreundet, spätestens seit 1915, als Rainer Maria Rilke als „Wächter am Picasso“ vorübergehend in Hertha Koenigs erster Münchner Wohnung an der Widenmayerstraße wohnte, und Elsa Bruckmann beide dort besuchte. Wohl der erste Brief, den Hertha Koenig an Elsa Bruckmann geschrieben hat und der in den sogenannten „Bruckmanniana“ in der *Bayerischen Staatsbibliothek München* erhalten ist – von Böckel aus am 12. September 1920 – war ein Beileidsschreiben an E. Bruckmann zum Tode ihres „Mütterleins“, der Fürstin Caroline von Cantacuzène.

In ihrer Wohnung in der Leopoldstraße hatte Hertha Koenig zwar ihren eigenen Salon 1921 aufgegeben, war aber ab 1924 regelmäßig Gast im Bruckmannschen Münchner Salon am Karolinenplatz 5.

In ihren Erinnerungen hat sie später über den Salon Bruckmann geschrieben: „Im ersten Drittel unseres Jahrhunderts war der Salon Bruckmann Mittelpunkt des Münchener gesellschaftlichen Lebens. / Der Besucher durfte sich einen Sessel wählen, je nach seinem letzten berühmten Inhaber. Oft eine schwere Entscheidung. / Carlo Cornelius, der Kunsthistoriker, der allgemeine Freund, umfangreich nach jeder Richtung hin, antwortete mir sogar auf eine Frage betreffs Frau Bruckmanns hoher Beziehungen: ‚Das macht das kaiserliche Blut in ihren Adern.‘ / ‚So‘, fragte ich, ‚als geborene Prinzessin Cantacuzène ist sie mit dem Kaiserhaus verwandt?!‘ Und die orchestrale Antwort: ‚Ja. Sie ist verwandt mit dem Kaiser Kantakuzenos, der im Jahre 1341 nach Christus in Byzanz regierte.‘ / Ein anderes Mal erklärte er: ‚Für Frau Bruckmann müßte immer Krieg sein, damit sie Veranstaltungen arrangieren kann.‘ Damals Wohltätigkeitskonzerte. [...] In Hugos, ihres Mannes, Adern floß nicht das Blut des Kantakuzenos, weshalb er ihrer Gewandtheit nicht ganz entsprach. Das brachte ihm eine wahrnehmbare Mißbilligung seiner Frau ein, während der Empfangszeremonie im Konzertsaal, die er mit nobler Würde entgegennahm. Er wußte, dass ihrer Freude am Gesellschaftlichen ein Zug zum Großen, zum Wichtigen entsprach; die Führung seines bedeutungsvollen Hauses lag bei ihr in guter Hand.“

Im Salon Bruckmann verkehrten in den 20er Jahren in München viele künstlerische, wissenschaftliche und politische Persönlichkeiten wie Rainer Maria Rilke, Hugo von Hofmannsthal, Rudolf Kassner, Hermann Graf Keyserling, Stefan George, Oswald Spengler, Heinrich Wölfflin, aber auch Paul Schultze-Naumburg, Paul Ludwig Troost, Erich Ludendorff, Baldur von Schirach, Alfred Rosenberg, Rudolf Heß, Adolf Hitler und eben auch Hertha Koenig. In seinem Buch „Auf einen Stern zugehen. Begegnungen mit Martin Heidegger 1929 -1976“ erinnert sich der Kunstkritiker Heinrich Wiegand Petzet wie folgt an Hertha Koenig: „Sie berichtete von den Abenden im Hause Bruckmann, wobei manche ‚zeitgeschichtliche‘ Figuren auftauchten: Ludendorff, und der – von Elsa Bruckmann protegierte – Hitler, den Frau Koenig dort einmal im Kreise von bewundernden Münchener Damen erlebt hatte.“

Man kann also davon ausgehen, dass Hertha Koenig im Salon Bruckmann auf Hitler traf. Den ersten Besuch bei Elsa Bruckmann stattete Hitler am 23. Dezember 1924, quasi als Weihnachtsüberraschung, ab. Darüber berichtete Elsa Bruckmann: „Am 23. Dezember 1924, zwei Tage nach seiner Entlassung aus der Festung Landsberg war es, dass der Führer uns zum ersten Male aufsuchte. Wir bewohnten damals die schönen Räume im Hause Karolinenplatz 5, die durch Grösse und Ebenmass ausgezeichnet waren. Schöne alte Bilder und Möbel, Skulpturen und Vasen und überall Bücher verbreiteten in ihrer Harmonie jene leicht beschwingte Atmosphäre geistiger Geselligkeit, die wir aus besseren Zeitläufen hatten herüberretten können. [...] Rasch und tief empfänglich stets die Eindrücke unmittelbar innerlich gestaltend, so erschloss sich uns das Künstlerische im Wesen Adolf Hitlers in den Gesprächen, die sich nun entspannen und durch viele Stunden hinzogen."

Elsa Bruckmann hörte schon „1920 die Stimme Adolf Hitlers, die trotz allem zum Glauben an Deutschland aufrief [...]. Sie berauschte sich an diesem Aufruf, der auch dem Opfer der Gefallenen einen neuen tiefen Sinn zu geben schien, mit dem ganzen Feuer ihres Herzens, wie an einer neuen Verheißung." (W. Martynkewicz)

In ihren Erinnerungen hat Hertha Koenig sich verschlüsselt über Hitler ausgelassen: „Die Gutsfrau hatte Gelegenheit, mit dem Mann in Berührung zu kommen, den diese Bewegung zu ihrem Führer erwählte. / Worte vermochten sie nicht zu überzeugen; je lauter, desto weniger. Sie war von ihrem Hof her gewohnt, sich auf den Eindruck zu verlassen – von Mensch zu Mensch, – ob da ein wirkliches Vertrauen anschlägt oder nicht. / Ihre Freunde bestürmten sie mit Fragen. ‚Was für einen Eindruck hat er Dir gemacht?‘ / ‚Gar keinen.‘ / Das sei doch nicht möglich! ‚Was hat er denn für ein Gesicht?‘ / ‚Gar keins.‘ / Als nach mehreren Fragen immer die gleiche Antwort kam, wurden die Freunde ungeduldig und forderten die Erklärung. / Sie brauchte sich nicht lange zu besinnen. / ‚Ich fragte mich, ob ich mit ihm etwas von den Fragen besprechen könnte, die mir in meinem kleinen Gutsbereich immer bedrängender werden. Und die Antwort in mir war ein entschiedenes ‚Nein‘. Denn bei mir handelt es sich um Menschen; nicht wie bei ihm um ‚Menschenmaterial.‘“

Ein wesentlicher Bestandteil des Salons Bruckmann in München in diesen Jahren waren auch die sogenannten „Kosmiker“, die von Stefan George angeführt wurden. Der „symbolistische“ Dichter wurde „schon bald Objekt und Mittelpunkt eines ansehnlichen ästhetischen Kults“ (D. C. Clay). Fast alle dieser ‚kosmischen‘ Originale und Auserwählten waren Mitglieder des Salons Bruckmann. Dabei war „eine der merkwürdigsten und umstrittensten Figuren“ (W. Martynkewicz) sicher Alfred Schuler. Elsa Bruckmann verschickte Ende Januar 1915 besondere Einladungen für drei Vorträge Schulers im Februar und März für die ‚Kriegshilfe‘ in ihrem Salon am Karolinenplatz. Thema war: „Über die biologischen Voraussetzungen des Imperium Romanum“. In seinen „Einleitenden Worten“ bezog Alfred Schuler sich auch auf die entsprechenden

Kriegszeiten: „Auf dem gegenwaertigen Zeitmoment glaube ich das Siegel des Schweigens zu erkennen. Über dem gewaltigen Völkerkampf rings um uns / über den Bluttümpeln u. Massengraebern / über den ausgebrannten Kathedralen / zerborstenen Staedten / über dem aufgewühlten Ackerland steht wirkender Geist. Erwarten wir schweigend / was sich hier mit Notwendigkeit abrollt. Soviel über die Gegenwart." Doch „Schulers Vortragskünste waren von einem speziellen Fluidum abhängig, einer Spannung, die sich zwischen Redner und Zuhörer aufbauen musste. Wo diese Spannung fehlte, konnte die Rede sich nicht entfalten" (B. Müller). Von Dezember 1917 bis März 1918 trat Schuler in einem weiteren Vortragszyklus „Vom Wesen der Ewigen Stadt" an sechs Abenden in München auf; im April und Mai 1918 trug er in Hellerau bei Dresden im Haus der Malerin und Bildhauerin Hedwig Jaenichen-Woermann vor. Im Jahre 1922 veranstaltete Schuler noch einmal die sieben Vorträge „Vom Wesen der Ewigen Stadt" an sieben Abenden im Salon Bruckmann in München: Rund 70 Gäste, darunter Hertha Koenig und Clara Westhoff-Rilke, waren dort anwesend.

Hertha Koenig war mit Alfred Schuler befreundet. In ihren „Erinnerungen an Alfred Schuler und den Münchener Kreis seiner Zeit" berichtete sie über ihn: „Im Jahre 1918 luden Bruckmanns einen größeren Kreis in ihr Haus zu einer Folge Schulerscher Vorträge über die letzte Epoche des römischen Kaiserreiches. / Zwei Jahre zuvor hörte ich zuerst von ihm, diesem sonderlichen Privatgelehrten, der nur von Geist lebte und im übrigen furchtbar hungerte. /

Auch er wußte von mir durch gemeinsame Bekannte. ‚Ich werde zu ihm gehen', sagte ich nach dieser Beschreibung. / ‚Um Himmels willen, das können Sie nicht – er ist ungemein empfindlich.' / Aber Empfindlichkeit schreckte mich nicht. / Und eines Nachmittags saß ich in Schulers kleiner Gelehrtenstube in der Münchener Luisenstraße. / Es dauerte nicht lange, bis ich spürte: Diese Stube stand in einem seltsamen Licht, einem Glanz, denn kaum war das rasche Kennenlernen geschehen, als er sofort begann, mir von der Kaiserin Elisabeth [von Österreich] zu sprechen. In ihr sah er die letzte Erscheinung der seiner Meinung nach auf ewig versunkenen Epoche der Floreszenz, des ‚offenen Lebens'. Er teile die Weltgeschichte auf seine eigene Weise ein, sagte er: Epochen der Floreszenz vom offenen Leben und solche des geschlossenen Lebens. / Es war wundervoll, ihm zuzuhören. / Seither kam Schuler öfter zum Mittagessen zu mir. Er fühlte sich als der letzte Römer; aus Intuition und Hellsicht sah er Plätze und Paläste ihm ganz unzulänglicher Zeiten und Gegenden; seine Beschreibungen hielten jeder genauen Nachprüfung stand. [...] Inzwischen war Schuler durch seinen Bekannten, den Sohn Gustav Freytags und anderen aus seiner Eingezogenheit herausgeholt worden; und so kam es zu dieser Einladung im Bruckmann'schen Salon. Auch Rilke hat seine Vorträge dort gehört; wohl nicht alle. Er schrieb mir: ‚Es freut mich, dass Sie Schuler gestern wieder so arglos und vertrauensvoll aufnehmen konnten. Die Stunde, die er Samstag bei mir war, bestimmte auch mich sehr zu seinen Gunsten und hat in mir die beste Bereitschaft zurückgelassen, ihm zu dem

Zustandekommen der Dresdner Vorträge nach Möglichkeit behilflich zu sein.'"

Rilke schrieb am 11. April 1918 an Hedwig Jaenichen-Woermann in Dresden: „Aber nun zu Schuler; ganz feierlich zeigte er mir, am Abend, da es eingetroffen war, Ihr Telegramm. Er steht zum Leben in einem eigenen Ceremonial, er verbeugt sich vor ihm, wo es ihm mit irgendwelchen sichtbaren Wendungen gegenübertritt. So ist diese Dresdner Reise nicht nur eine körperliche Veränderung für ihn, sondern sozusagen ein Aufbruch seines Geistes, der ihn eigenthümlich bewegt und ergreift".

In ihren Erinnerungen schreibt Hertha Koenig: „Aus der Sicht dieser Zeit der Floreszenz im römischen Kaiserreich streifte Schuler unsere damalige Zeit. Wie eine Kassandra sagte er alles voraus, was später eintrat. Er schrieb mir damals unter dem 27. 11. 1918: ‚… Es hat sich allerdings wörtlich erfüllt, womit ich meinen letzten Vortrag schloß, … das schwarze Rad, welches nun der Herr ist über den Erdkreis …' / Bei solchem Vortrag saß ich neben einem jungen, sehr schönen Aristokraten. In einer Pause sah er mich mit tieferschrockenen Augen von der Seite an und sagte: ‚Das ist ja furchtbar, wenn alles so abwärts rollt!' – ‚Ich rolle nicht mit', entgegnete ich entschlossen".

Doch Schulers „Ewig-Negative" und seine „unheimlich-okkulten" Aussagen konnte Hertha Koenig nicht immer ertragen; deshalb „suchte ich das Weite, schützte eine dringende Besorgung vor und ging vom Negativen in die auch im Anfang des Untergehens seit der Revolution immerhin noch ziemlich positive Stadt [München]“. Schuler besuchte Hertha Koenig im Herbst 1918 auf deren Gut Böckel: „Als wir unter seinen dunklen Zukunftsschatten am Wasser entlang gingen, faßte ich plötzlich seinen Arm: ‚Herr Schuler! Wie können Sie so sehr an das Böse glauben! Das Gute ist stärker als das Böse.‘ Obgleich in seine heiligste Mitte getroffen, sah er mich mit einem gütig-geheimnisvollen Blick von der Seite an und leise: ‚Wenn ich das im Innersten nicht selber wüßte, könnte ich's gar nicht aushalten; aber davon spreche ich zu niemandem.‘“

„[...] Dann kam 1923 seine Krankheit. Er lag operiert in der Klinik. Als ich ihn dort besuchte, klagte er mir, wie furchtbar es ihn leiden mache [...]. ‚Ich habe Klages meinen geistigen Nachlaß übergeben, dem Einzigen, der mit jener Welt vertraut ist, und ich weiß doch ...‘ Er schluchzte. / Ich wußte, dass ich ihn zum letzten Mal sah. Beim Abschied legte ich beide Hände um seinen edelgeformten Kopf und küßte ihn sachte auf die Stirn. Am nächsten Tag hat er es beglückt seiner alten Jugendfreundin erzählt: ‚... Wenn ich das gewußt hätte, daß sie so zu mir steht – welch herrliche Zusammenarbeit hätte das sein können.‘ Ich glaube, darin irrte er. Ich war nicht nur dem Ernst verschrieben – auch dem Lustigen. / Etwa eine Woche später kam ich wieder vom Lande nach München. Da ging ich mit Bruckmanns in das Haus auf dem Nordfriedhof, wo er, der Einsame, Distante, der in jedem Wort, in jeder Gebärde Abgesonderte, in gleicher Reihe lag mit den Vielen, Alltäglichen“.

Einmal mehr verwebt Hertha Koenig in ihrem literarischen Werk das eigene Erleben mit dem Fiktionalen, wenn sie viele Jahre später ihr inniges Abschiednehmen von Schuler am Sterbebett in ihrer Erzählung „Die Sonnenseite" aufgreift und in ähnlicher Diktion die Sterbeszene ihrer literarischen Figur, des schwermütigen Onkel Ferdinand, beschreibt, der sich noch einmal Lena, der zur Vertrauten gewordenen Frau seines Neffen, zuwendet: „Da legte Lena ihre Arme um seinen Kopf und küsste ihn auf die Stirn. […] / Über Onkel Ferdinand kam ein Aufleuchten und ein erstauntes: ‚Oh, das wusste ich ja gar nicht …' […] / Eigentlich hatte Lena still hinausgehen wollen. Aber jetzt konnte sie etwas sagen; etwas das ihr schon lange am Herzen lag. […] ‚Onkel Ferdinand, – die Sonnenseite – die hat gefehlt!'" (H. Koenig, „Die Sonnenseite", in: „Die helle Nacht").

Nach Schulers Tod hat Clara Rilke-Westhoff eine Bronzebüste von ihm angefertigt; der Bremer Verleger Lutz Wolde schrieb am 24. August 1925 an Hertha Koenig: „Sehr geerte gnädige Frau! / Ich erlaube mir, Ihnen zu sagen, dass Clara Rilke eine ganz wundervolle Büste von Schuler gemacht hat, so schön und von so erstaunlicher Lebendigkeit, dass alles versucht werden sollte, sie in ein Münchner oder ein anderes […] Museum zu bringen. – Clara schickt Ihnen in den nächsten Tagen eine Photographie." Daraufhin hat Hertha Koenig eine Bronzebüste Schulers von Rilke-Westhoff für ihre eigene Kunstsammlung angekauft.

1926 veröffentlichte Hertha Koenig in ihrem Gedichtband „Die alte Stadt“: „In memoriam Alfred Schuler“:

Totenwache

Der Abend schleicht. Die Stunde wechselt um.
Verschwelter Sonne letzte Glut entsinkt.
Aus ungewissem Funkenanfang blinkt
Langsam ein ander Licht. Der Freund ist stumm. [...]

Gebot, das er im Augenblicke auferlegt.
Das wächst am Baum des Lebens neuverzweigt.
Und ich muß weiter, um den Freund zu finden.

(H. Koenig, aus: „Die alte Stadt“,
in: „Frühling im Herbst“)

In den Jahren ihres wohl auch einsamen Lebens im Einödhof Aich hatte Hertha Koenig Zeit und Muße, zahlreiche neue Gedichte zu verfassen. So konnte sie im Berliner Verlag Kaemmerer den Gedichtband „Die alte Stadt“ (1925) veröffentlichen. Der aus Berlin gebürtige Verleger Rudolf Kaemmerer hatte 1917 seinen Verlag zuerst in Dresden-Hellerau gegründet, seit 1923 firmierte er in Berlin. Sein Verlagsprogramm umfasste vor allem moderne künstlerische sowie zeitgenössische deutsche und expressionistische Literatur wie z. B. Werke von Wassily Kandinsky, Alfred Polgar, George Grosz, Claire Goll, Klabund und insbesondere auch Mynona (S. Friedländer).

Portrait Hertha Koenig

von links: Alfred Schuler, Ludwig Klages

Hertha Koenig, wie auch ihr früherer Ehemann Roman Woerner, hatten sich wiederholt sozial engagiert; so etwa 1917 während des Ersten Weltkriegs in München für den jungen, aufstrebenden, sozialistischen, bayerischen Schriftsteller Oskar Maria Graf: „Ein literarisch interessierter Mitarbeiter vom Roten Kreuz hat ihm die Unterstützung vermittelt. Ursprünglich war das Stipendium einem Schriftsteller zugedacht, der nun seit längerem im Krieg ist. Bis zu dessen Rückkehr, findet der Rotkreuzmann, könne ein Stellvertreter in den Genuss der Zuwendung kommen. Mit der Adresse und einigen Arbeitsproben begibt sich Graf zu Roman Woerner, einem Germanistikprofessor an der Münchner Universität. Das Treffen verläuft sehr harmonisch. Ein paar Gedichte kommen zum Vortrag, Woerner ist leidlich beeindruckt und Graf seine ärgsten finanziellen Sorgen los. Zwar bescheinigt der Professor seinem neuen Schützling ein gewisses Talent, doch glaubt Woerner es in der Lyrik falsch aufgehoben. Graf soll Dramen schreiben. Einigermaßen verwirrt läuft Graf durch die Gassen der Innenstadt. In der Hosentasche knistern die Geldscheine, im Kopf hallen die Worte seines Wohltäters nach: ‚Dichter kann man nicht werden', hat ihm der Professor gesagt, ‚man ist einer! Sie sind einer, Herr Graf!'" (R. Höller).

In seinem frühen Gedichtband „Amen und Anfang" (1919) veröffentlichte Graf das Gedicht „Verlorensein", das er „Für R. W." und damit Professor Roman Woerner widmet.

Im umfangreichen Nachlass Grafs (in der *Bayerischen Staatsbibliothek München*) findet sich ein weiterer Zyklus von Graf, „Worte an den Einen" (datiert im Juli 1921), der ebenfalls Woerner gewidmet war.

Oskar Maria Graf war seit Anfang Dezember 1914 Soldat im Ersten Weltkrieg und in Ostpreußen stationiert. Im Sommer 1915 erkrankte er an der Ruhr und wurde im ostpreußischen Reservelazarett Goldap behandelt: „Da ich jede Medizin verweigerte, drohte der Arzt mit einem Wieder-an-die-Front-stecken, was mir sehr erwünscht gewesen wäre. Halb gesundet mußte ich mich bei der Etappen-Kommandantur melden."

Auch der aus Osnabrück stammende Schriftsteller Erich Maria Remarque schrieb in seinem Weltbestseller „Im Westen nichts Neues" (1929) u.a. über Lazarette und Stabsärzte während des Ersten Weltkrieges: „Abends werden wir zur Schlachtbank geholt. Ich erschrecke und überlege rasch, was ich tun soll; denn es ist bekannt, dass die Ärzte in den Feldlazaretten leicht amputieren. Bei dem großen Andrang ist das einfacher als komplizierte Flickereien. Kemmerich fällt mir ein. Auf keinen Fall werde ich mich chloroformieren lassen".

Mitte April 1916 wurde Graf in die bayerische Heil- und Pflegeanstalt Haar bei München eingeliefert. In seinem Krankenblatt im September 1916 hieß es: „Keine Arbeitsfreude; nur Sinn für Lesen modernster Literatur. Will absolut nichts mehr beim Militär arbeiten, solange seine Mutter so in Not ist" und weiter: „Graf wurde aus Haar als ‚dienstunbrauchbar, ohne Versorgung' und kurz danach aus dem Militärdienst entlassen. Nach einem Zwischenaufenthalt in Berg verdingte er sich in München als Arbeiter in einer Keksfabrik."

Rainer Maria Rilke lebte, nachdem er im Juni 1916 aus dem Militärdienst entlassen wurde, wieder in München und mietete eine Wohnung in der Villa Alberti in der Keferstraße 11 in Schwabing.

In der wirren Kriegszeit suchte er jedoch einen „Ort der Abgeschiedenheit, der Ruhe und Geborgenheit" und ebendiese mögliche „Zwischenstation" war für Rilke der mehrmonatige Aufenthalt auf Hertha Koenigs Gut Böckel in Ostwestfalen vom 24. Juli bis zum 2. Oktober 1917. Zuvor gab Rilke die Münchner Wohnung an der Keferstraße auf.

Die Dauer von Rilkes Aufenthalt auf Gut Böckel war zu Beginn offen. Er selbst schrieb: „Wie lange ich hier bleibe, ist im ersten Augenblick schwer zu sagen, zwei, drei, vier Wochen." Doch dann wurde die Abreise immer wieder verschoben. Dabei spielte das langsame Eingewöhnen in die neuen Verhältnisse, dass sich erst spät bessernde Wetter und das sich allmählich einstellende Wohlfühlen eine große Rolle. Am 20. September stellt er seufzend fest: „Nach allen meinen früheren Berechnungen, hätte ich schon von hier fort sein müssen, aber immer wieder, als ob ich mir einen höchst fraglichen Winter dadurch forthalten könnte, gebe ich eine Woche zu –, wie lang wird das noch so weiter gehen? Nicht mehr lange" (in: T. Neteler, „Briefe von Gut Böckel").

Innerhalb der 70 Tage schrieb Rilke rund 50 Briefe, über 30 Briefempfänger schickten jeweils einen Brief an Rilke auf Böckel zurück. „Für Hertha Koenig“ selbst gestaltet er im August aus dem kleinen unveröffentlichten Zyklus „Gedichte an die Nacht“ von 1913/14, „mit sechs Gedichten einen ganzen Sternenhimmel, in dem er nach jedem Gedicht ein Sternchen mehr darunter setzt. / So wird nicht nur der, der spricht, und jener, der liest, der Nacht gleich – ‚o, wie sollte ein Fühlender nicht, der will, der sich aufreißt, / unnachgiebige Nacht, endlich dir ähnlicher sein‘ – sondern vor allem auch das Papier.“ (H. Gfrereis / U. Raulff).

Später schrieb Hertha Koenig in ihren „Erinnerungen an Rilke“: „Sommer 1917 kam er für einige Wochen nach Böckel. Im eigentlichen Wohnhaus, dem neueren Flügel der achtziger Jahre, in Zimmern von beliebiger Höhe und Ausmaß, ohne Obwalten der inneren bestimmenden Gesetze, schien er mir nicht denkbar. Darum richtete ich ihm drei Zimmer im alten Turmgebäude ein. Im eigentlichen Turm das kleine Schlafzimmer. Dass man dort zu später Stunde gelegentlich die Eulen fauchen hört, würde ihn nicht stören. Auch nicht, wenn man den Atem anhält, oben, dicht unter dem Turmhelm, wie Schritte das Hin-und-Hergehen der alten Turmuhr. Das etwas größere Zimmer daneben für Frühstück und Mittagsruhe, und daneben das große mit den tiefen Fensternischen zum Auf-und-Abschreiten bei der Arbeit. Unser einstiger Taufaltar wurde zum Stehpult umgewandelt. […] / Ob der unendlich Zarte, Empfindsame sich behaglich fühlen würde auf unserem niedergelegenen Gutshof mit seinem schwerfälligen Dasein, zumal in der besonderen Verdunkelung jenes vorletzten Kriegsjahres?“

In einem Brief an Sophie Liebknecht vom 3. August 1917 schrieb Rilke über seinen Aufenthalt auf Gut Böckel: „Denn es ist nicht erleichternd gewesen, herzukommen; die ersten Tage wars, im Gegenteil, eine drückendste Befangenheit, im Fremden und Befremdeten zu sein –, nun ists überwunden, von meinen schönen Zimmern aus, hab ich mich hineingepasst –, nicht als ob die Gastfreundschaft selbst es an etwas fehlen ließe, sie ist die beste, freieste, verständigste, die sich denken lässt, – aber da waren zunächst Übelstände […], meine Stuben gehen nach dem Gutshof hinaus, wo der Wirtschaftsbetrieb seinen lauten Gang geht, was mich nicht so bedrängte, wie der damit verbundene Kinderlärm der zahlreichen Kinder vom Hofe, jene selbe Heimsuchung, vor der ich schließlich aus München geflohen war.“

Über die von ihm bewohnten Räumlichkeiten in einem Turm des Gutes hat Rilke sich aber wiederholt positiv ausgelassen. So in einem Brief an Regina Ullmann vom 17. August 1917: „Dass ich hier bei Frau Koenig bin, erräthst Du wohl. Ihre Gastfreundschaft ist die freieste und verständigste, ich habe den ganzen Tag für mich, und meine Zimmer sind die schönsten im alten Theil des Hauses, außerdem stehen sie täglich voller Rosen.“

Noch vor Rilke hatte ein weiterer Dichter in Böckel „Zwischenstation“ während des Krieges gemacht: Es war der

Berliner avantgardistische Schriftsteller und Philosoph Salomo Friedländer, der unter dem Pseudonym „Mynona" zuerst in expressionistischen und dadaistischen Zeitschriften publizierte. In einem Brief an den österreichischen Grafiker und Schriftsteller Alfred Kubin vom 6. April 1917 schrieb Friedländer: „Die Rittergutsbesitzerin Frau Hertha Koenig (welche übrigens bei S. Fischer Romane erscheinen läßt) bot uns 5 Monate lang eine Zuflucht in ihrem Landhaus. Da ich arm bin, war es, bes. für Frau & Kind, eine Art Lebensrettung. Auf money-making verstehe ich mich nicht; eine sehr böse Schwäche; keineswegs edel (eher: Esel). – Jetzt wieder Berlin. Eine neue Musterung, ev. Zivildienst scheint bevorzustehen [...]".

In seinem „Phantasie"-Werk (mit 18 Federzeichnungen von Alfred Kubin) von 1920 hat Mynona diese Zeit auf Böckel verarbeitet, indem er beispielsweise eine Hauptperson des Stückes als „Baron von Böckel" tituliert.

In der gleichen Zeit lebten auf Gut Böckel auch Elfriede Hausmann, die erste Ehefrau des dadaistischen Künstlers Raoul Hausmann, und deren Tochter Vera. Mitte bis Ende August 1917 kam auch Raoul Hausmann selbst nach Böckel, um dort seine Familie zu besuchen.

Noch ein weiterer jüdisch-deutscher, später israelischer Schriftsteller in Berlin bzw. Tel Aviv, der aus Breslau stammende Emanuel Bin-Gorion, war „zwei Feriensommer hintereinander auf Böckel, das eine Mal als Fünfzehnjähriger, im letzten Kriegsjahr des Ersten Weltkrieges, das zweite Mal im ersten Jahr nach der Revolution. Das Schloß ist mir gegenwärtig [...]. Ich war dort viel allein; bei dem ersten Aufenthalt war Frau Koenig gar nicht anwesend – ihr Besitz nur nahm das unterernährte Kriegskind auf –, und ich sah sie eigentlich erst am letzten Tage" (G. Kaldewei). 1936 musste Bin-Gorion nach Palästina emigrieren und lebte und arbeitete fortan in Tel Aviv.

In den letzten Monaten des Kriegsjahres 1918 wurde auf dem Gut Böckel ein Notlazarett für verwundete Soldaten eingerichtet. In der nahen Kreisstadt Herford hatte man schon zu Beginn des Ersten Weltkrieges ab August 1914 mehrere Reservelazarette geschaffen: Dazu dienten zunächst Waisenhäuser und ein großer Schützenhofsaal, der vom örtlichen Zweigverein des Roten Kreuzes geleitet wurde. 1915 kamen noch weitere Reservelazarette in Herford (zwei Krankenhäuser) und je ein Krankenhaus in Enger und in Bünde hinzu.

Hertha Koenig war im Jahre 1914 als Krankenschwester im evangelischen Diakonissenhaus in Freiburg im Breisgau „in der Krankenpflege im Krieg tätig". Der verwundete Soldat Rudolf Hemel schrieb am 2. Oktober 1914 an die Krankenschwester Hertha Koenig einen Brief: „Werthe Schwester Hertha! / Vor allem kann ich es nicht unterlassen, Ihnen für die herzliche Einladung zu Ihrer lieben Mutter, meinen heißesten Dank zu sagen, es war mir noch nie vergönnt gewesen, in solch einer wunderbaren Villa [der Fam. Koenig in Freiburg] so freundlich aufgenommen zu werden, und sogar Kaffee trinken zu können, aber alles haben wir nur unserer werthen Schwester Hertha zu verdanken, denn nur durch Sie liebe Schwester ist uns so ein herrlicher Nachmittag bereitet worden."

In diesem Sinne war Hertha Koenig durch ihre sozialen Erfahrungen im Krankenpflegedienst in Freiburg auch am Ende des Ersten Weltkriegs für den Betrieb des Notlazarettes in ihrem Gut Böckel gut ausgebildet.

In ihren „Erinnerungen an Rilke" schrieb sie über die Kriegszeit 1914-18: „Die Kriegsverhältnisse veranlassten einen, sich in manchem zu versuchen, um im Notfall einspringen zu können. So ging ich manchmal in die Bierener Dorfkirche, um Orgelspiel zu erlernen. Die Beteiligung der Füße erschwert es, ohne Lehrer zum Ziel zu kommen. Einmal, während ich mich redlich abquälte, spürte ich das Zuhören. Als ich mich umdrehte, saß Rilke unten im Kirchenschiff. Es blieb bei einigen wenigen Versuchen. [...] Unter diese Gelegenheitsbeschäftigungen im Krieg fällt das Photographieren. Ich hatte nie einen Apparat in der Hand gehabt. Jetzt gerade wurde mir ein billiger als wahre Rarität angeboten. Es gab ja so etwas nicht mehr. Ich nahm ihn." Mit diesem Fotoapparat machte Hertha Koenig 1917 mehrere Aufnahmen von Rilke im Park von Gut Böckel.

Rilke 1917 auf Gut Böckel, Foto von Hertha Koenig

Rilke 1917 auf Gut Böckel, Foto von Hertha Koenig

„Rilke-Turm“, Gut Böckel

Notlazarett auf Gut Böckel zum Ende des Ersten Weltkrieges 1918

Kriegsende, Revolution und Räteregierung in München (1918/1919)

Das Ende des Ersten Weltkriegs erlebten Hertha Koenig und Rilke in München. Sie sahen sich dort häufiger. Am 3. März 1919 schrieb Rilke aus München: „Ob Sie's fühlen, wie oft ich im Stillen Ihnen Dank zudenke und Sie segne dafür, dass ich ohne Sorge bestehen kann in dieser Zeit, sogar imstande bin, mir Bücher, die mich freuen, unbedenklich anzuschaffen und anderes mehr. Es ist gar nicht zu beschreiben, wieviel diese äußere Sicherung zum Wiedergewinn innerer Sicherheit, nach der ich ringe, wird beigetragen haben."

Zu Anfang des letzten Kriegsjahres 1918 betätigte sich Oskar Maria Graf als Faktotum und Assistent des aus Rotterdam stammenden, wohlhabenden Musikwissenschaftlers Anthony van Hoboken, der ab 1917 auch in München lebte und u. a. in der Schwabinger Bohème verkehrte. Zur gleichen Zeit hatte Oskar Maria Graf zuerst von dem Münchner Literaturprofessor und ehemaligen Ehemann Hertha Koenigs, Roman Woerner, ein monatliches Stipendium in Höhe von 100 Reichsmark bekommen. Später unterstützte Hertha Koenig Graf selbst: Sie zahlte monatlich ein Stipendium von 200 Mark. „Jetzt bewegte ich mich schon wieder freier. Ich dichtete und lief in der Revolution herum. Es mußte was geschehen, viel mehr geschehen!"

In ihren „Erinnerungen an Rilke" an das Revolutionsjahr 1918 in München schrieb Hertha Koenig: „‚Wie lange soll der Krieg noch dauern – dieses sinnlose Morden?‘ Eine andere Frage gab es nicht mehr. [...] Nachrichten schwollen gewaltig an und verebbten wieder, um unversehens jäh sich zu überstürzen. Unter denen, die sie brachten, waren einige Edelkommunisten. Der Maler Georg Schrimpf kam und auch der Schriftsteller Oskar Maria Graf. Wenn es um die Zukunft ging, waren sie beide Maler. [...] Den beiden Künstlern ging es zur Zeit nicht gut. Graf brachte sogar sein Baby zu mir in die Leopoldstraße, weil die Mutter im Krankenhaus lag.“

„Darum teilte ich mich mit Augusta Hartmann, der Sängerin, in die nächtliche Pflege des Säuglings. Ich sehe noch auf Augustas Schreibtisch fein säuberlich die Windeln hergerichtet; daneben, aufgeschlagen ‚Der Stern des Bundes‘ von Stefan George.“

Nach Böckel wohnte und lebte Rilke bis Anfang Mai 1918 in einem „hübschen“ Zimmer im Münchner Hotel Continental, „mit alten Möbeln und Himmelbett“ (H. Koenig). Das Hotel Continental war ein 1892 gebautes Luxushotel an der Max-Joseph-Straße in der Münchner Maxvorstadt.

Hertha Koenig schrieb weiter in ihren „Erinnerungen an Rilke“: „Dort in sein Zimmer lud er mich zum Tee ein, zusammen mit einem Herrn, der wiederum eines Weiter-Ausholens bedarf. Ich hatte jenen Sommer [1917] ein Schriftstück verfaßt aus dem so unrealen wie unpraktischen Gedanken heraus, den Menschen in der Großstadt, die nicht genug Brot hatten, helfen zu können. Wenn wir größeren Hofbesitzer, so dachte ich, alles, was wir an Getreide übrig hatten, in die Städte schickten, ohne etwas dafür zu nehmen; weil wir, so meinte ich, ja immer noch satt zu essen hatten. Das Schriftstück war einleuchtend abgefaßt. Es gefiel Rilke. Und von diesem zum Tee ins Continental eingeladenen Herrn hatte er sich sagen lassen, dass er ein sehr gescheiter Redakteur sei, der bestimmt zur Weiterleitung und Verwirklichung des Planes einen guten Rat geben könnte. [...] Ich hatte bisher nur feststellen können: der Mann war sehr klein; sein Vollbart sehr groß. / Während Rilke einige erklärende Worte sprach, versuchte ich, den Andern genauer zu erfassen. Augen: auffallend klein; aber mit messerscharfen Blicken. Mund: da war gar keiner, war nur ein Spalt in dem riesigen grauen Wuschelbart. / Als ihm bei Rilkes Worten die Möglichkeiten deutlich wurden, die sich bei meinem Vorschlag für ihn bieten könnten, da putzten sich die messerscharfen Blicke auf blitz-blank. Er fing nun an, sehr viel zu reden. Ich konnte nicht genau zuhören; denn der Spalt im großen Bart, heftig bewegt in seinem raschen Auf- und Nieder, fascinierte mich. Aber so viel begriff ich denn doch nebenbei, dass es diesem Herrn nicht nur darum ging, darbenden Menschen den Hunger zu stillen, sondern darum, eine nicht darben wollende Partei [die USPD] zu stärken. Und in dieser Richtung verfügte er in großangelegten Linien über das, was er alles von mir erwartete. / Zu unser aller Glück war seine Zeit äußerst kostbar, und sein Eilig-Sein wurde noch durch fehlende Resonanz beschleunigt. Als er draußen war, sagte ich zu Rilke: ‚So hatte ich es nicht gemeint.' – ‚Ich auch nicht.' – ‚Wie war noch der Name?' – ‚Kurt Eisner.'

Ein Jahr später, um die gleiche Novemberzeit hätte man gesagt: ‚Hast du Worte?!' Jetzt im Spätherbst 1917 sagten wir nur: ‚So hatten wir es nicht gemeint.'"

Am 24. Dezember 1917 schrieb Rilke an seine Mutter: „Dass ich im Continental wohne, ist eine große Annehmlichkeit für mich, ich zog es diesmal dem gewohnten Marienbad vor, da man dort weniger heizt, wie ich allgemein höre, auch die Wohnlichkeit der Stuben in dem reizend eingerichteten Continental größer und brauchbarer ist. Dass ich in Ruhe hier abwarten kann, bis sich für mich die richtige Wohnung findet, verdanke ich der fürsorglichen Freundschaft der Frau Hertha K., die auch über den Sommer hinaus nicht aufgehört hat, mir diese schwere Zeit nach Möglichkeit zu erleichtern."

Das Projekt Blankenburg

Rilke hatte zuvor Eisner kennengelernt und einen recht positiven Eindruck von ihm bekommen. So schrieb Rilke am 21. Januar 1918 einen ausführlichen Brief an Eisner, in dem er „besser als in jedem Anderen, sowohl Fähigkeit als Neigung" (D. Heißerer) vermutete, und bat diesen eben um Rat und Unterstützung für jenes soziale Projekt von Hertha Koenig: „Frau Hertha Koenig geht mit dem Plane um, durch ihr eigenes Beispiel eine größere freiwillige Stiftung anzuregen, deren Zweck es werden soll, den vielen in Noth Gerathenen eine unmittelbare, sofort wirksame Hülfe zu gewähren".

Hertha Koenig hatte bereits erwogen, dort nach dem Vorbild des Grafen Nikolaus von Baudissin zu Stolp in Pommern, der über 40 Jahre lang Landrat im preußischen Pommern war und das Rittergut Neuhof im Kreis Regenwalde erworben hatte, ein ähnliches soziales Projekt zu realisieren. Ihre Anregung zu einer eigenen „größeren freiwilligen Stiftung" hätte möglicherweise in dieser Parallelaktion eines aufgeschlossenen Gutsherrn aus Pommern schon ein erstes Projekt gefunden: Eine mögliche Verbindung dieses Projektes zu dem von ihr angedachten hätte aber Bedenken ergeben. Weiter schrieb Rilke: „Da erwies es sich: gleich auf den ersten Blick, dass diese von einem Gutsherrn ausgehende und durch einen meist aus Gutsbesitzern und Regierungsbeamten gebildeten Ausschuß gelenkte Wohlfahrtseinrichtung die viel freieren und volkthümlicheren Intentionen der Frau Koenig nicht lebendig und eindringlich genug zu verwirklichen geeignet sein könne. Beachten Sie in dem beiliegenden Schreiben [an den Grafen Baudissin, welches jedoch als verschollen gilt] die genau ausgesprochene Absicht, dass Geben und Nehmen hier nur in einem, das Volk wirklich berührendem Sinne verstanden sein könne und dass den Vertretern des Volkes selbst die Verantwortung für eine richtige und eingehende Vertheilung aufzuerlegen wäre."

Dieses Wohlfahrtsprojekt von Hertha Koenig mit der Hilfe Rilkes und Eisners konnte schließlich nicht realisiert werden. Fast ein Jahr später, am 25. Oktober 1918, schrieb Rilke noch einmal in ähnlicher Angelegenheit an

Hertha Koenig, ob der Münchner Rechtsanwalt Dr. Georg Alexander Müller-Mittler „die große Wohnung in der Leopoldstraße Soldaten, Offiziere[n], Genesende[n] für Unterkunft, Verköstigung und Pflege empfehlen könne oder etwas anderes *‚als dringendes Hülfswerk'*. Er könne aus seiner *‚Kriegsthätigkeit'* raten" (I. Schnack). Doch auch dieses soziale Projekt kam vorerst nicht zustande.

Auch Oskar Maria Graf versuchte damals, mit einem sozialen Siedlungsprojekt das (finanzielle) Interesse seiner Gönnerin Hertha Koenig zu gewinnen: „Sie interessierte sich für das Soziale an der Revolution, und das nicht nur so nebenher. Auf meine Veranlassung gab sie Alfred Kurella [...] und seinen Genossen eine größere Summe, damit sie den Plan, auf einem Bauernhof eine Kommune aufzurichten, durchführen konnten. Sie versagten jämmerlich, doch Frau König verlor nie ein Wort über ihren Geldverlust." An anderer Stelle beschreibt Graf auch das intensive Interesse Rainer Maria Rilkes am Sozialen und an der späteren Revolution in München: „In seine Atelierwohnung in der Ainmillerstraße kamen so aktive Revolutionäre wie Toller, wie der Kommunist Kurella mit seinem jungen Kreis, kamen Schriftsteller und bürgerliche Männer, die es aufrichtig mit der Revolution meinten."

Alfred Kurella war nach Hans Koch eine Hauptperson in Oskar Maria Grafs Kalender-Geschichte „Die Siedler" (um 1919). Darin „erzählte Graf von einer Episode der deutschen Alternativbewegung, in der sich Jugendkult, Siedlungsutopie und Arbeiterjugend programmatisch verbanden" (W. F. Schoeller). Es ging dabei zuerst um den aus Meinerzhagen im Sauerland stammenden „bündischen Wandervogel“ und „Kommune-Anarchisten“ Hans Koch, der Anfang 1919 ein ehemaliges Bauernanwesen in Blankenburg bei Donauwörth im schwäbischen Landkreis Augsburg in Bayern ankaufte, um dort mit Freunden eine neue revolutionäre Gemeinschaft auf dem Lande zu verwirklichen: „Ich ging gewissermaßen hochschwanger mit der Siedlungsidee und drängte auf Verwirklichung. Ich spannte sämtliche Verbindungen ein, ein passendes Objekt zu finden und hörte, zwischen Augsburg und Donauwörth stände eine ehemalige ‚Missionsprokuratur‘, die Pleite gemacht hätte, [...] zum Verkauf. Man müßte sich aber innerhalb acht Tagen entscheiden und zumindest eine größere Anzahlung machen.“ (U. Linse)

Dazu sagte Hans Koch, dass „man eine Anzahlung haben mußte, also wenigstens 15 000 Mark – und da hat der Dichter Oskar Maria Graf, mit dem wir sehr gut in Verbindung waren, gesagt: Komm, ich bring dich zu der Hertha König – das war damals eine bekannte Dichterin, die im Insel-Verlag veröffentlicht hat [...] Im Beisein von Oskar Maria Graf habe ich so lebendig geschildert, was wir vorhatten, dass sie nach kaum einer Stunde ihr Scheckbuch zückte und über 5 000 M einen Barscheck ausfüllte. Und anschließend hatte sie gesagt: Können Sie vielleicht da auch einen Schützling von mir mit unterbringen und in ihrer Gemeinschaft brauchen, einen Willi Strobel, das ist ein Schweizer Deserteur?“

Tatsächlich sorgten sich Hertha Koenig und weitere Unterstützer um dieses soziale Siedlungsprojekt in Blankenburg, sodass Koch am 29. Januar 1919 das Anwesen ankaufen konnte. Nun gründete Hans Koch auf diesem Bauernhof mit rund 20 Jugendlichen eine alternative Kommune, die sich vor allem mit Gartenbau, Tierhaltung und Handwerk im Geist der Jugendbewegung selbst versorgen wollte. Herthas Schützling Willi Strobel wurde das älteste Mitglied der Siedlung Blankenburg und kümmerte sich dort um den Stall und die Futterwirtschaft der Tiere. Er war 1895 geboren worden, gelernter Schlosser und wohnte 1918/19 in Innsbruck/Tirol in Österreich; er hatte im Ersten Weltkrieg seinen Militärdienst geleistet und wurde zum „ruhenden Pol" in Blankenburg, hinzu kam der aus dem Chiemgau stammende Münchner Jura-Student Max Zillibiller, der später eine eigene Landkommune in Rachertsfelden in Oberbayern gründete. „Sie zeichneten sich dadurch aus, dass sie sich am stärksten mit dem Gemeinschaftsideal identifizierten und andererseits die weiteren anwesenden Personen ebenfalls an die Gemeinschaft banden" (U. Linse). Aber die jungen kommunistischen Landkommunarden zerstritten sich und schafften es nicht, diese bayerische „Kommune der deutschen Jugendbewegung" im Sinne der notwendigerweise existenzsichernden Landwirtschaft zu etablieren. Hinzu kam, dass Blankenburg zwar u. a. von dem Münchner Revolutionsminister und Beauftragten für Volksaufklärung, Gustav Landauer, unterstützt wurde, aber deshalb auch nach dessen Verhaftung am 1. Mai 1919 von der rechten, bayerischen politischen Polizei als „spartakistische Hochburg" ausgehoben wurde.

Der Münchner Journalist Hans F. Nöhbauer schrieb abschließend in einem Nachwort zu Grafs „Kalendergeschichten“ 1975 über die Erzählung „Die Siedler“: „Sechs junge Revolutionäre wollen während der Rätezeit auf dem Mattlbauernhof in Tuffing eine Siedlung auf rein sozialistischer Grundlage gründen; doch die Revolution verkommt, die Kommune falliert [...]“.

In „Gelächter von außen“, den autobiographischen Aufzeichnungen von Graf über die Jahre 1918 bis 1933, heißt es über Hertha Koenig: „In der Münchner Revolutionszeit unterstützte Hertha Koenig die politisch verfolgten ‚Tolstoianer‘ Oskar Maria Graf, Georg Schrimpf, ebenso wie die ihnen bekannten und geistesverwandten Dichter Rilke und Gräser.“

Konkret begann in München die deutsche Revolution nach dem Ende des Ersten Weltkrieges am 7. November 1918. Auf der Theresienwiese fand an diesem Tag eine große Friedensdemonstration und Kundgebung mit rund 60000 Menschen statt. Vor allem Kurt Eisner forderte dort die Errichtung eines sozialistischen Rätesystems nach sowjetischem Vorbild. Danach schafften es einige USPD-Parteimitglieder, mit dem Politiker Felix Fechenbach an der Kommandospitze, eine große Zahl von Münchner Soldaten für den revolutionären Umsturz zu gewinnen. Im Mathäserbräu wurde ein offizieller Arbeiter- und Soldatenrat gebildet.

Sogar Rilke war persönlich in die Ereignisse der Münchner Revolution involviert: Am 7. November 1918 berichtete er in einem Brief an Clara Rilke-Westhoff: „Ich war so beschäftigt mit Zuschaun und Zuhören [...]. / In den letzten Tagen hat München etwas von seiner Leere und Ruhe aufgegeben [...] Überall große Versammlungen in den Brauhaussälen, fast jeden Abend, überall Redner, unter denen in erster Reihe Professor Jaffé sich hervortut, und wo die Säle nicht ausreichen, Versammlungen unter freiem Himmel nach Tausenden. Unter Tausenden auch war ich Montag Abend in den Sälen des Hotel Wagner, Professor Max Weber aus Heidelberg, Nationalökonom, der für einen der besten Köpfe und für einen guten Redner gilt, sprach, nach ihm in der Diskussion der anarchistisch überangestrengte Mühsam und weiter Studenten, Leute, die vier Jahre an der Front gewesen waren, – alle so einfach und offen und volkstümlich. [...] Solche Momente sind wunderbar, und wie hat man sie gerade in Deutschland entbehren müssen, wo nur die Aufbegehrung zu Worte kam, oder die Unterwerfung, die in ihrer Art auch nur ein Machtanteil der Untergebenen war."

Oskar Maria Graf hat später (1951) auch über Rilke und die Revolution geschrieben: „ [...] Dennoch hat dieser scheinbar ganz unpolitische, abseits stehende Mensch von der Revolution in Deutschland sehr viel erhofft. Er schätzte, was wenig bekannt ist, Kurt Eisner sehr und leitete manche Anregung, manchen besänftigten Rat durch Mittelsleute an ihn und Toller. Und wer wissen will, wie klar er alles vorausgesehen hat, wie schwer ihn gerade Deutschland entmutigt hat, der braucht nur im siebenten Brief an ‚eine junge Frau', den er 1923 aus der Schweiz geschrieben hat, dieses Urteil zu lesen."

Am 8. November 1918 hat Kurt Eisner ein Proklamations-Plakat überall in München, auch an Litfaßsäulen, aufhängen lassen, in dem er die „Bayerische Republik" ausrief: „Die oberste Behörde ist der von der Bevölkerung gewählte Arbeiter-, Soldaten- und Bauernrat". Und: „Die Dynastie Wittelsbach ist abgesetzt."

Zeitgleich vergnügte sich die „Schwabinger Bohème" trotzdem weiterhin in entsprechenden öffentlichen und privaten Konzerten, im Theater und in der Oper.

An jenem 8. November 1919 – so Hertha Koenig – „war Augusta Hartmanns Konzert angezeigt. Wird es stattfinden können? Alle fragten voll Unruhe. Nur ihr Begleiter, der Komponist Stolzenberg sass in seinem Zimmer und hörte nichts als die subtile Musik seiner Noten. Für ihn hätte die Welt einstürzen mögen – seine Musik überdauert. Der Tumult in den Strassen hatte sich schon seit Tagen von Stunde zu Stunde gesteigert. Man hatte sich beinahe daran gewöhnt. Nachmittags stand ich in der Küche, um der Sängerin und ihrem Begleiter für die Konzertpause belegte Brote zu streichen. Damals hatte man immer Hunger, namentlich, wenn man aus Berlin kam. Während ich die Wurst aufschnitt, krachte es plötzlich wie von zerplatzten Granaten. Sie kommen!! In der Annahme, dass diese Wurtstscheiben am aufreizendsten wirken würden, einem das Leben kosten könnten, packte ich sie mit einem Griff und raste mit dieser Beute in der Hand zu Augusta, die mit ihrem brokatenen Konzertkleid beschäftigt war. Auf der anderen Seite des Ganges hatte sie das gefährliche Krachen kaum gehört. ‚Was fällt dir ein!‘, rief sie gebieterisch – ‚wirst du wohl die Wurst auf unsere Brote legen! Wir freuen uns schon darauf.‘ / Es folgten mehrere telephonische Warn-Anrufe, man solle sich nicht auf die Strasse begeben. Aber es stellten sich etliche Beschützer ein. Das Konzert fand statt. Die feierliche Aufmerksamkeit im Saal – geistliche Lieder aus dem Barock, Gustav Mahler, Schönberg – wurde nicht gestört. Der Heimweg durch die Stadt, wie durch brandende Meereswogen, war gespenstisch. Rilke, Wölfflin, Wolff und Stauffenberg waren in unserem Zug mitten durch die johlende Volksmenge. Wolfskehl, mit dem die Sängerin befreundet war, rief enthusiastisch-frivol: ‚Herrlich, Dich im Brokatkleid über die Barrikaden hängen zu sehen!‘ / Zuhause steckten wir schleunig das Brokatkleid und einiges, was uns rettenswert erschien, in den Brunnen. Das war ein riesiger ehemaliger Barockaltar, dessen Kupfereinsatz sich herausnehmen liess; darunter hatte vieles Platz. Später standen wir am Fenster und blickten auf das wilde Vorüberrasen unter den Pappeln der Leopoldstrasse. Plötzlich klingelte es wild. Bekannte Stimmen verlangten eine offne Tür; und herein kam die friedlichste Schar. Obgleich Regina Ullmann in einer grossen grauen Feemütze und einem Mantel aus roter Plüschtischdecke – es gab doch keine Stoffe – aussah wie die Göttin der Revolution. Sie alle, die da mit ihr hereinkamen, konnten nicht nach Hause gelangen, da sämtliche Trambahnen stillgelegt waren. So machten wir in der geräumigen Halle Lager zurecht und verbrachten die Nacht in unruhiger Erwartung. / Die Revolution war ausgerufen.“

In Hertha Koenigs „Erinnerungen an Rilke“ an die Münchner Revolutionszeit heißt es weiter: „Man musste ständig auf neue Überraschungen gefasst sein. Darum sannen wir vor allem auf Sicherheit für den Picasso. Es gab in der Wohnung eine kleine Kammer mit nur einer Tür, die durch Vorstellen des Schrankes unsichtbar gemacht werden konnte. […] So nahmen wir das riesige Bild von seinem Haken und gingen mit ihm Schritt für Schritt in sein dunkles Refugium. Die beiden anderen Picassos liessen wir folgen. Ich schickte auch Möbel und alte Bilder ins Exil. Der weisse Picasso-Saal in der Leopoldstrasse war nicht mehr. / ‚Kannst du mir ein paar Kohlen schenken?‘, fragte mich Mechtild Lichnowsky, auf kurze Zeit in München, ‚bei meiner Mutter ist es furchtbar kalt.‘ Sie war glücklich, als ich ihr in grösserer Tüte ein paar Handvoll mitgab. ‚Haben Sie noch Kohlen?‘, fragte ich Rilke. Er antwortete mit seinem liebenswürdigen Lächeln: ‚Gerade noch so viel, um meinem Ofen hin und wieder ein bonbon zu verabreichen.‘“

In einem Schreiben Mechtild Lichnowskys an Hertha Koenig vom 25. November 1918 aus deren *Schloss Kuchelna* in Oberschlesien schrieb diese, nachdem sich beide einige Zeit zuvor in Berlin treffen wollten: „Ja – das war ein Pech, dass Du damals nicht in Berlin gewesen warst. Und jetzt kann man schlecht arbeiten. So! Du kannst schlecht arbeiten. Ich kenne den Zustand wohl – ich bin aber immer in einer furchtbaren Mühle, die mich daran hindert innerlich frei den heiligen Dingen gegenüberzustehen. / Wenn ich allein bin, kann ich nur arbeiten. […] Siehst Du

Menschen? Ich war in Berlin während der Revolutionstage. Gott – es war alles so unecht, so kopflos – Es ist auch jetzt kein Kopf dort."

In ihren Erinnerungen schrieb Hertha Koenig: „Die grosse Wohnung wurde immer mehr zur grossen Last. Ich hatte mich in einem kleineren Zimmer eingerichtet; die weiteren verfügbaren Räume hatte ich möbliert einer Art Wohnungshilfe zur Verfügung gestellt und wusste nicht, was ich damit tat. Im Frühling 1921 bezog ich ein kleines Bauerngehöft nahe Rosenheim. Als ich Rilke davon schrieb, dachte er nicht an den Picasso."

Am 26. Juni 1921 schrieb Rainer Maria Rilke aus der Schweiz an Hertha Koenig: „Wollen Sie mirs glauben, ich athmete auf, dass auch Sie nun München aufgeben, es wollte mir längst scheinen, als ob die ganze grosse Wohnung und die Verhältnisse dort vor allem doch mühsam seien und erst in zweiter Reihe noch gelegentlich brauchbar; es fiel mir denn auch leicht, selbst auf Grund der wenigen Angaben, mich auf Seite des kleinen Bauernhauses zu stellen, das fortan Ihre gute warme Winterzuflucht bedeuten wird ..."

Nochmals in München (1930-1933)

1930 hat Hertha Koenig nochmals einige der ihr bekannten Persönlichkeiten in München getroffen. So u. a. auch Rilkes Mutter Phia Rilke: „Während wir so durch die belebte Theatinerstraße schritten, spürte ich, welch große Anstrengung von diesem Arm, den ich führte, auf mich überging. Das leidenschaftliche Vorwärtsdrängen der gebrechlichen Gestalt, die ich behutsam durch die Menschenmenge zu lenken hatte, drückte in jeder Bewegung Eigensinn und Unwillen aus, die der Kirchgang durchaus nicht einzudämmen vermocht hatte, Schritt für Schritt leistete sie Widerstand gegen etwas Unsichtbares. Und plötzlich kam eine große Befriedigung über mich. Wie schwer wäre es für den Sohn gewesen, hier an meiner Stelle. Was hätte solch ein Gang wohl alles heraufbeschworen aus früherer Zeit […] Und ich fühlte dieses eine kleine Mal, dass ich etwas für den toten Freund tun durfte“ (H. Koenig, „Erinnerungen an Rilke“).

Ebenfalls im Jahr 1930 hatte Hertha Koenig noch einmal einen Wohnsitz in München genommen: Sie mietete eine große Wohnung im Hause Karolinenstraße 4 im Stadtteil Lehel. Vielleicht schrieb sie dort ihr Gedicht über die „Seiltänzer von Picasso“, das sie 1931 veröffentlichte, ein letzter literarischer Gruß zu diesem besonderen Bild, das sie kurz zuvor über den deutschen Kunsthandel nach Amerika verkauft hatte.

Die Seiltänzer von Picasso

I. Bild

Ihr Einzelnen, dicht
Nebeneinander gestellt,
Wie erblüht im geräumigen Licht,
Angeweht,
Eine Traumeswelt
Aus euren Gewändern,
Aus Flicken und Bändern,
Arm aneinander genäht.
Und man sieht euch ein Können an,
Das von uns keiner kann:
Immer bereit, in der Wandlung
Aufzugehn,
Immer die Handlung
Zu bestehn,
Auch die kleinste, die nichts verspricht,
Ihr wissenden Spieler und Könner der Pflicht.
Sie ist euer einzig Bemessen.
Sonst habt ihr alles vergessen.
Glanzlos fällt
Der Blick aus eurem Gesicht,
Ihr Einzelnen, dicht
Nebeneinander gestellt.
Ohne Lächeln und Weinen.
Nur ein schmerzlich Verneinen
Von beidem zuckt aus dem Schauen

Der empfindsamen Jungen und Frauen.
Von den Männern ward Härte erreicht.
Ihr spielt das Leben, als wär es leicht,
Ihr steht, als wolltet ihr hier ruhn,
Und könnt doch nichts als wandern.
Warum seid ihr so allein?
Habt ihr nicht ein gleiches Tun?
Und konntet dennoch dem Andern
So sehr entgleiten?
Darum geht euer Blick
In die vier Weiten,
Jeder sucht sein eigen Geschick.
Wohl fasst das Kind des Vaters Hand,
Doch ist es nur sich selbst bekannt.
Nie spürt es an seiner zärtlichen Haut,
Wie sich ein Körper dem andern vertraut.
Aber die Sehnsucht glimmt.
Wehe, sie wird zum Ersticken,
Wenn einst ein Mann das Mädchen nimmt
Und in verzehrenden Blicken
Ihr keine Heimat gönnt.
Die schöne Frau denkt nicht an den,
Der vor Begierde brennt.
Sie sinnt nur an sich selbst herab,
Selbst ungesehn.
Und jeder klagt den Andern an,
Und keiner nimmt dem Andern ab
Der Fremdheit eigensüchtigen Bann.
Ihr Einzelnen, ihr klagt uns an.

II. Publikum

Sind wir die Schuldigen,
Weil wir dem Sinn eures Spiels nicht huldigen?
Zwar, wir bestaunten vieles,
Was eure Körper vermögen,
Wenn sie aus rätselhaftem Vertrauen
Pfeiler der Kraft und zartschwingende Bögen
In unbeteiligte Sphären bauen.

Ihr musstet Jungsein und Froheitskraft
An euer Spiel verscherzen,
Und eure Mannesleidenschaft.
Ihr warft wie einen Ball auf gut Glück
Und hofftet, es kommt euch alles zurück
Aus unseren Herzen.

Wir aber handeln
Um den Rest.
Ihr sollt uns armselige Brocken Zeit
In funkelnde Becher verwandeln.
Doch sie kreisen nicht weit. Es kommt nicht zum Fest.

(H. Koenig, „Die Seiltänzer von Picasso",
in: „Erinnerungen an Rilke")

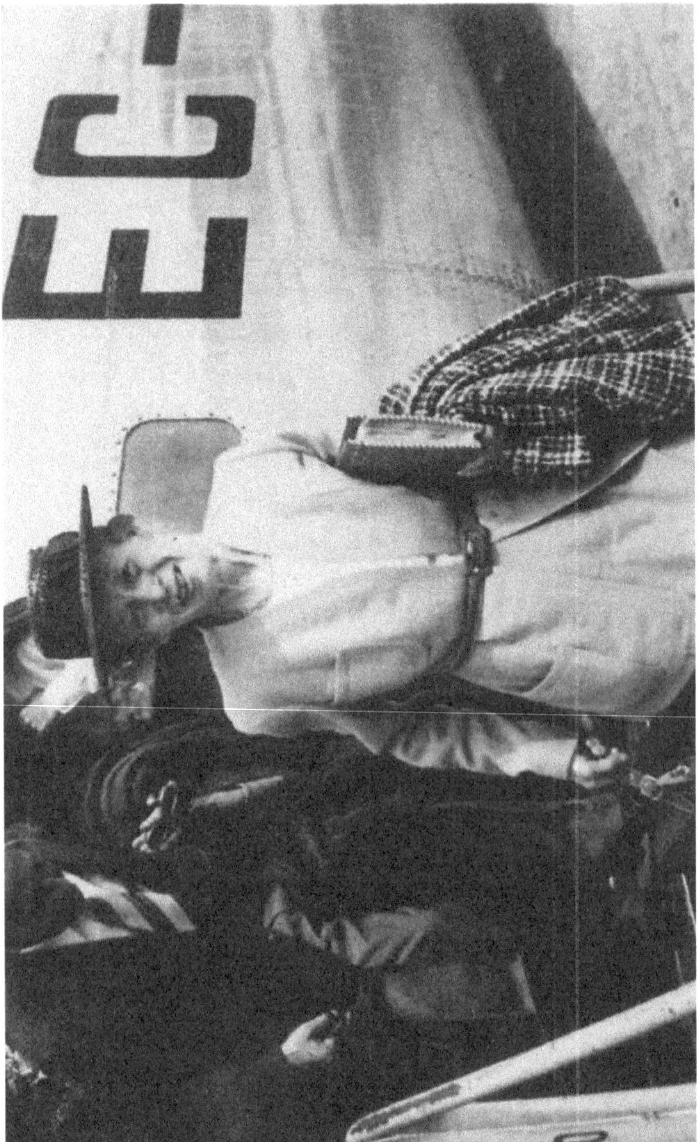

Portrait Hertha Koenig

Im Dritten Reich auf Gut Böckel

Der Schuldstrom steigt

Er fließt nicht mehr vorüber,
Auch nicht an Deinem Haus
Er dehnt sein Ufer aus,
Die Wasser treten über –
Er steigt. Er steigt –

[...]

(H. Koenig, aus: „Alles ist Anfang geworden",
in: „Frühling im Herbst")

Ende März 1933 gab Hertha Koenig ihre Wohnung in der Karolinenstraße in München endgültig auf und zog sich auf Gut Böckel zurück. In „Hinter den Kulissen eines Lebens" schrieb sie: „Seither nahm sie [H. Koenig] ihren Weg wieder über den Hof. Und sie entdeckte zu ihrem Erstaunen, dass es keinen schöneren Weg für sie geben konnte. Die Leute freuten sich. Eine ganz neue Verantwortung schien sich aufzutun. Hing nicht von ihrem Ausdruck die Stimmung des Hofes ab? Erst wollte es ihr wie Anmaßung erscheinen; aber immer deutlicher wurde ihr, wie ihr Schritt ein gelegentliches Wort mitzuwirken hatte."

Und an anderer Stelle äußerte sie sich wie folgt: „Für die Landarbeit gab es in dieser Zeit keine Arbeitskräfte. Die Männer wurden vom Straßenbau angefordert, diesem

‚ungeheuren Projekt zur Bekämpfung der Arbeitslosigkeit'. Es sollten Straßen werden durchs ganze Reich; noch breiter und gewaltiger als die große Heerstraße mit den Pappelreihen, die Napoleon bauen ließ – erster Beginn seines Siegeszuges weit in den Osten hinein".

Hertha Koenigs Heimatgemeinde, das heutige Rödinghausen, „liegt im äußersten Nordwesten des Ravensberger Landes, das einen Teil des Weserberglandes bildet. Damit zählt das Gemeindegebiet, das im Norden durch das Wiehengebirge begrenzt wird, zu einer Mittelgebirgslandschaft. Das dadurch bedingte Landschaftsgefüge wirkte auf die Erwerbsgrundlagen der Bewohner aus, was sich zum Beispiel bei der örtlichen Landwirtschaft im Hackfruchtbau, in der intensiven Schweinehaltung und im hohen Anteil der forstwirtschaftlichen Nutzung des Waldes an der Südabdachung des Wiehengebirges niederschlug, wie der Ortsname bereits andeutet" (P. Exner). Rödinghausen war im Wesentlichen protestantisch und im Arbeitermilieu sozialisiert. So zählten im Jahr 1939 knapp 67 % der landwirtschaftlichen Höfe zu den Klein- und Kleinstbetrieben: Die Gesamtzahl der bäuerlichen Betriebe dort lag 1939 bei rund 620.

Hertha Koenig besaß mit rund 500 ha Land eines der größten Güter im Kreis Herford.

Eines der wichtigsten Feste im Verlauf des bäuerlichen Jahres war in ganz Westfalen das Erntedankfest: „Es bildete im Herbst den feierlichen Ernteabschluß. Je nach

Region wies es unterschiedliche Symbole auf: Einen Nußstrauch im westlichen Münsterland, einen grünen Busch im südöstlichen Münsterland sowie einen Erntehahn bzw. den Erntekranz in Nord- und Ostwestfalen. Grundsätzlich ist bei dieser Feier zwischen ihrem kirchlichen Kern, dem Erntedank oder Kirchweih, und dem weltlichen Erntefest zu unterscheiden; besonders in nationalsozialistischer Zeit entluden sich darüber Spannungen" (P. Exner). Allerdings „entwickelten sich in kleineren Orten", wie in Spenge oder Rödinghausen 1934/35, „Erntedank und 1. Mai zu Dorffesten, denen das zeremonielle, monumentale sowie das militärisch-disziplinierte Gehabe fehlte" (W. Freitag).

Zu Hertha Koenigs Geburtstag am 24. Oktober 1934 wurde ein besonderes Erntedankfest auf Gut Böckel veranstaltet: „Praktische Volksgemeinschaft, so könnte man das von der Verwaltung des Rittergutes Böckel veranstaltete Erntedankfest überschreiben. Sämtliche Angestellten, Arbeiter, landwirtschaftliche Helfer und ihre Familienangehörigen waren zur Feier eingeladen. An Kaffeetafeln wurden die zweihundert Personen festlich bewirtet und die 40 erschienenen Kinder beschenkt. Da die Gutsherrin an demselben Tage ihren 50. Geburtstag feierte, fand auch eine Abendtafel statt, eine kleine Musikkapelle spielte zum Tanz auf und bald herrschte Frohsinn und dankbare Freude, nach der arbeitsreichen Erntezeit" (P. Exner).

Doch schon wenige Jahre später, „in diesem Herbst [1938] war es fraglich, ob es überhaupt" zu einem weiteren Erntefest auf Gut Böckel kommen konnte. Hertha Koenig stellte fest, dass zu jener Zeit „dunkle Wolken“ aufstiegen „am Horizont und drohten, sich zu entladen. Noch am Tage zuvor mußte man damit rechnen, dass die Männer eingezogen würden. Jeder Augenblick konnte die Kriegserklärung bringen.“ Doch: „In letzter Minute kam die erlösende Nachricht, dass eine Art Versöhnung zwischen den Machthabern stattgefunden habe.“ Dies bezog sich auf das sogenannte „Münchner Abkommen“ Ende September 1938 zwischen dem Dritten Reich unter Hitler, Italien unter Mussolini, Frankreich unter Daladier und Großbritannien unter Chamberlain. Dabei bestimmte dieses Abkommen, dass die Tschechoslowakei das deutschsprachige Sudetenland an das Deutsche Reich abtreten musste. Damit war die „Sudetenkrise“ vorerst beendet – wenig später aber besetzte Deutschland im März 1939 die gesamte „Rest-Tschechei“: Die Tschechoslowakei hatte aufgehört zu existieren. Zuvor war das „Münchner Abkommen“ noch als Höhepunkt der britisch-französischen Appeasement-Politik gegenüber Hitler-Deutschland bezeichnet und damit eine unmittelbare Kriegsgefahr abgewendet worden.

„Nun kann man sich wohl denken, was das für ein Erntefest gab! Welches Mitschwingen von bewegter Freude und Dankgefühlen. Der kleine Ochsenknecht, der sonst immer scheu und schief zur Seite guckt, stellte sich selbstbewußt vor den Inspektor: ‚Mir kennen die Ochsen viel besser als Dir. Dat kannste mich gläuben‘“ . Dieses große Erntedankfest auf Gut Böckel war das letzte vor dem Kriegsausbruch im September 1939.

Hertha Koenig erhielt „eines Morgens“, wohl im Jahr 1933, „ein Schreiben vom Ministerium, das auf eingelegtem Fragebogen genaue Angaben einforderte. Das Gut sei als Entschädigung für Angesiedelte eines Flugplatzes vorgesehen und das Herrenhaus als nationalpolitische Erziehungsanstalt“. Bald nach der Machtergreifung hatte der aus Hannover gebürtige, ehemalige Gymnasiallehrer Bernhard Rust, ab 1928 NS-Gauleiter von Ost-Hannover und später (ab 1934) Reichsminister für Wissenschaft, Erziehung und Volksbildung, beschlossen, dass im Mai 1933 die „Umwandlung der ersten drei ‚Staatlichen Bildungsanstalten‘ (bis 1919 ‚Kadettenanstalten‘) in ‚Nationalpolitische Erziehungsanstalten‘“ (H. Scholtz) erfolgen sollte. Schon im April 1933 waren von Rust „die drei ehemaligen Kadettenanstalten in Plön, Köslin und Potsdam gemäß ihrer Tradition zu nationalpolitischen Erziehungsanstalten im Sinne der nationalen Revolution“ umgebildet worden.

Nach 1934 wurde eine Reihe von NPEAs (‚Nationalpolitischen Erziehungsanstalten‘) in früheren kirchlichen Schulgebäuden, in ehemaligen Klosterschulen oder in Gutshöfen eingerichtet. Vor allem religiöse Kultstätten wurden ganz bewusst in nationalsozialistische Erziehungsstätten umgewandelt. So wurde z. B. die frühere Klosterschule in Ilfeld im Südharz in eine NAPOLA (Nationalpolitische Lehranstalt) überführt. Im NS-Gau Westfalen-Nord wurden entgegen der Ankündigung keine NAPOLAs eingerichtet und damit glücklicherweise auch nicht auf Gut Böckel, aber der 1939 begonnene Zweite Weltkrieg hatte große Auswirkungen auf den Betrieb von Gut Böckel.

„In den letzten Augusttagen dieses Jahres [1944] dröhnte nun wirklich der Hof von Pferdehufen. All diese Getreuen waren requiriert worden für den Krieg. Sie hatten es gut gehabt bei ihren Knechten. Wer weiß, was ihnen nun bevorstand. [...] Mit der Zeit wurde es immer leerer auf dem Gutshof und schon bald waren die ersten Toten zu beklagen. Die Nachricht von Todesopfern erschütterte nicht nur die nächsten Angehörigen, sondern den gesamten Gutshof zutiefst. Auch die Nächte waren geprägt von Angst: Man wagte schon gar nicht mehr, richtig zu Bett zu gehen. Wenn man auch schließlich vor Müdigkeit einschlief; das Ohr blieb wach. Kaum die Gedanken in eine Ecke zusammengerückt und gaben Ruh, da fuhr man schon wieder auf aus diesem verminderten Schlaf. Die Sirenen meldeten Flugzeuge. [...] Manchmal, wenn man so jäh aus dem Schlaf aufschreckte, war das Zimmer taghell von Scheinwerfern und Leuchtkugeln, die das Gelände absuchten. Man musste jeden Augenblick gefasst sein und nahm schnell Abschied von diesem grell beleuchteten Ausschnitt des Gehöftes zwischen den alten Bäumen. Alle tasteten sich durch das dunkle Haus nach dem Luftschutzkeller" (H. Koenig, „Hinter den Kulissen eines Lebens").

„Im letzten Kriegsherbst" erinnerte sich Hertha Koenig, „erwartete den Gutshof noch eine schwere Probe: SS-Einquartierung. Dunkle Wolke, die über dem freien Himmelsausschnitt zwischen den alten Bäumen aufstieg." Zuvor hatte es keine speziellen Probleme in der Region mit SS-Einheiten gegeben. Angesichts vieler Exzesse vor und während des Krieges, nicht nur im Osten, war die SS für weite Teile der Bevölkerung ein Hassobjekt geworden. Deshalb aber „wuchsen die Einsicht des Unrechtscharakters des Hitlerregimes“ und insgesamt auch die Erkenntnis, „dass der so vehement propagierte ‚totale Krieg‘ in einer ‚totalen‘ Niederlage enden würde, nicht in allen Bevölkerungskreisen. Dass nicht nur der ‚politischen Religion‘ des Nationalsozialismus verfallene ‚Alte Kämpfer‘, zur extrem radikalisierten ‚Generation des Unbedingten‘ zählende SS-Leute und jüngere Parteifunktionäre sowie verblendete und fanatisierte Hitlerjungen und Flakhelfer bis zum bitteren Ende an Hitlers Parolen glaubten, sondern auch Teile des national eingestellten Bürgertums in der mittlerweile internalisierten nazistischen Verblendung verharrten, ist evident“ (D. Schmiechen-Ackermann).

Zu Hertha Koenigs Erleichterung ergaben sich durch die Einquartierung der SS-Einheit auf Gut Böckel keine größeren Schwierigkeiten.

Erntedankfest 1934 auf Gut Böckel

Kriegsende und Nachkriegszeit

„Bis heute kann ich nicht ohne Beklemmungen an den Bundespräsidentenbesuch zurückdenken. Es war alles so schön ausgedacht gewesen – wie eben harmlose, arbeitslebende Gemüter ausdenken. Auf höchsten Wunsch sollte alles ganz „inkognito" vor sich gehen. Man kann leider alles übertreiben […]"

(H. Koenig, „Hinter den Kulissen eines Lebens")

Seit dem Herbst 1944 waren viele Flüchtlinge und Vertriebene in Nordwestdeutschland untergekommen, „die durch Bomben ihr Heim verloren hatten. Sie mußten von der Küche mit versorgt werden. Immer galt es wieder, Möbel und Betten hin und her zu schleppen. Und die Hilfen, die man gebraucht hätte, waren nicht da. Zudem ging es doch den ganzen Tag neben der Arbeit herein, heraus und wieder herein; als fänden alle Bitten und Anliegen nur den einzigen Weg zum Gutshof. So wird es wohl überall gewesen sein. […] Heute Nacht kommt wieder ein großer Transport Flüchtlinge. Mindestens zehn müssen noch auf dem Gutshof untergebracht werden." (H. Koenig)

Eine jener Vertriebenenfamilien aus Glatz in Schlesien war die ab 1946 untergekommene Familie Fleischhauer. Im Jahr 1947 wurde der erste Sohn Helmut auf Gut Böckel geboren. „Durch den zweiten Torbogen führte der Weg in den Park und zum Schloss, in dem die Gutsherrin Hertha Koenig und ihre treue Haushälterin und Köchin Maria wohnten. Der zweite Torbogen war so etwas wie eine Grenze zwischen dem ersten Innenhof, wo einige der Arbeiterfamilien wohnten, und dem zweiten Innenhof mit dem Park und dem Schloss der ‚Gnädigen Frau', wie Hertha Koenig genannt wurde. Unser Vater kümmerte sich um den Park und so konnten meine ältere Schwester und ich Frau Koenig immer wieder besuchen. [...] Für uns Kinder Vertriebener war ihr Haus eine vollkommen andere Welt mit den wunderbaren Möbeln und Kunstwerken" (H. Fleischhauer).

Im Oktober 1944 wurden im Landkreis und in der Stadt Herford erste Einheiten des sogenannten „Volkssturmes" aufgestellt. Die jüngsten Volkssturmmänner waren 16, die ältesten 60 Jahre alt: Die Niederlage des Dritten Reiches im Zweiten Weltkrieg zeichnete sich immer stärker ab. „Der Volkssturm quartierte einige seiner Männer ein. Sie hatten Bereitschaft und sollten noch verteidigen, was draußen die Soldaten längst nicht mehr halten konnten. [...] Und die Panzerfäuste, die im alten Haus für sie aufgestapelt lagen, damit sie dem Feind entgegengeschleudert würden? Den Männern war befohlen, sie auszuprobieren. Währenddessen haben sie sie in den Teich geworfen" (H. Koenig).

„‚Sie kommen! Sie kommen!', hörte man immer wieder; wenn auch nur leise, wie von weitem." (H. Koenig) Am 4. April 1945 kamen tatsächlich englische Truppen aus Richtung (Melle-)Buer nach Rödinghausen: „Über dem Teutoburger Wald war schon Rauch zu sehen. Beim Eintreffen der Truppen leisteten die Rödinghauser keinerlei

Widerstand. Einzelne Einwohner hängten weiße Fahnen auf, der Pastor hängte eine aus der Kirche, und die Frau des Amtsbürgermeisters breitete eine über die Lampe vor dem Rathaus." „Es war auch höchste Zeit gewesen. Tags darauf rückte der Feind schon in die nächste Stadt ein. Da konnte es sich hier nur mehr um Augenblicke handeln. / ‚Sie kommen!' Jetzt hallte es laut: ‚Sie kommen!' / Die weiße Fahne! Schnell oben aus dem mittleren Fenster! [...] Gegen Mittag kam der Schäfer wieder unters Fenster und rief mit sonderbar veränderter Stimme: ‚So, nu könnt ihr sie heraushängen, eure weiße Fahne; man sieht ‚die andern' schon durch die Allee kommen – dicht vor unsern Toren.' [...] Die fremden Soldaten gingen nicht unfreundlich um mit dem Gutshof. [...] Als die Soldaten weiterzogen, blieb es still auf dem Hof. Wie an einem Feiertag" (H. Koenig).

Gut Böckel „lag in der britischen Besatzungszone und eines Tages fuhren Gelände- und Lastwagen mit britischen Soldaten auf den ersten Innenhof, entluden Zelte, bauten sie auf und errichteten eine Feldküche. Sie waren die Herren und verhielten sich auch so. Keiner der Arbeiter wusste, wie lange sie bleiben würden. Das Misstrauen zwischen den Soldaten und den Deutschen war spürbar. Uns Kindern gegenüber waren sie allerdings sehr freundlich und schenkten uns Schokolade. Einige Tage blieben sie und zogen wieder ab" (H. Fleischhauer). 1955 zog die Familie Fleischhauer ins nahe Holsen bei Bünde in einen ehemaligen kleinen Bauernhof.

Nach dem Ende des Zweiten Weltkrieges und der Besatzung alliierter Truppen in Deutschland war im April 1945 sofort der Beginn der sogenannten „Entnazifizierung" angesetzt worden. Dies galt selbstverständlich ebenso für den Landkreis Herford. In der ersten Phase der Entnazifizierung ging es vor allem um unmittelbare Anordnungen und Maßnahmen. Dabei wurden „der Oberbürgermeister der Stadt Herford sowie der Landrat und die Bürgermeister der Städte und Gemeinden des Landkreises [...], soweit die Amerikaner sie als Träger des Nationalsozialismus einschätzten, aus ihren Ämtern entfernt und durch politisch zuverlässige Personen ersetzt." Neuer geschäftsführender Landrat in Herford wurde der bürgerliche, deutschnationale Rittergutsbesitzer auf Oberbehme Dr. Carl von Laer, der rund 195 ha Land und Wald in Kirchlengern besaß. Er schrieb in einem Lagebericht am 2. März 1946: „Das Verhältnis zwischen der Alliierten Militärregierung und dem Landkreis Herford ist weiterhin vorzüglich."

Carl von Laer war einer der wenigen ostwestfälischen Gutsbesitzer, die sich auch nach 1945 im öffentlichen und politischen Bereich im Landkreis Herford engagierte und Verantwortung übernahm. Hertha Koenig engagierte sich im eigenen landwirtschaftlichen bzw. sozialen Bereich, politische Ämter hat sie nie übernommen. Eine gewisse Ausnahme ist in einem Brief an den „Herrn Landrat von Laer" vom 23. Juni 1945 zu erkennen, in dem es um den neu zu wählenden Gemeindebürgermeister des Rödinghauser Ortsteiles Muckum geht.

Hertha Koenig nahm also in ihrer Gemeinde „über informelle Wege Einfluss auf politische Entscheidungen" (N. Sahrhage).

Anlässlich des ehrenvollen Besuchs des amtierenden Bundespräsidenten Theodor Heuss auf Gut Böckel schrieb Hertha Koenig in ihren Erinnerungen über ein erstaunliches nationalsozialistisches „kleines Kästchen mit sehr kostbarem Besitz: die einst bei Weihnachtseinkäufen im Kinderspielladen zu Bünde ergatterten Raritäten [...] Figürchen [von] Hitler, Göring, Heß, General Brauchitsch und Admiral Dönitz" (H. Koenig, „Hinter den Kulissen eines Lebens").

Diese NS-Figürchen waren in aller Regel aus Elastolin gefertigt, einem aus luftgetrockneter Masse bestehenden Material, das schon ab 1912 von der deutschen Firma O. & M. Hausser für Spielzeugfiguren aller Art hergestellt wurde. Ab 1935 produzierte die Firma in Neustadt bei Coburg. Ende der 1930er Jahre lag die jährliche Herstellung von Elastolin-Figuren bei ca. drei Millionen Stück. Schwerpunktmäßig wurde von Anfang an vor allem Kriegs- und Alltagsspielzeug produziert: Insbesondere in der Zeit des Dritten Reiches wurden Einzelpersonen und Gruppen von Hitler-Jungen, Soldaten bzw. Militär aller Art, nach dem Beginn des Zweiten Weltkrieges auch SA- und SS-(Totenkopf)-Verbände, Ritterkreuzträger, Kampfszenen mit Waffen und selbstverständlich verschiedene nationalsozialistische und faschistische Figuren von Adolf Hitler, Hermann Göring, Josef Goebbels, Rudolf Heß, Generalfeldmarschall Walther von Brauchitsch, Admiral Karl Dönitz, Generalfeldmarschall Erwin Rommel, Generalluftzeugmeister Ernst Udet bis hin zum italienischen Duce und Ministerpräsidenten Benito Mussolini hergestellt.

Vor allem deutsche Jungen spielten in der Zeit des Dritten Reiches mit solchen Elastolin- oder Lineol-Spielzeugfiguren. Einer von ihnen, wenngleich kein überzeugter Hitler-Junge, war der spätere Schriftsteller Walter Kempowski. Im vierten Band seiner „Deutschen Chronik" mit dem Titel „Tadellöser & Wolff", die Geschichte einer bürgerlichen Familie im Dritten Reich, spielte er oft mit einer Vielzahl von solchen zeitgemäßen Spielzeugfiguren (vor allem Soldaten) als Freizeitvergnügen. Später veröffentlichte Kempowski auch einen entsprechenden Bildband „Wer will unter die Soldaten?".

Hertha Koenig und Theodor Heuss waren der Meinung, dass die (NS-)Elastolin-Spielzeugfiguren eigentlich sogar „ins Nürnberger Germanische Museum" gehörten. Hertha Koenig erzählte dem Bundespräsidenten: „Leider hatte ich damals im Laden meine Freude zu deutlich gezeigt: ‚Maria! Kucken Sie mal!', rief ich beglückt. Als abgerechnet wurde: ‚Ein Göring vierzig Pfennig, ein Hess vierzig Pfennig – gleichfalls die Generäle, ein Hitler im Trenchcoat dreißig Pfennig', da fragte Maria erstaunt: ‚Warum ist denn Hitler zehn Pfennig billiger als die andern?' ‚Weil er den Arm nicht heben kann.' In der Tat, er hält die Hände geradezu gefaltet wie zum Morgengebet. Wir müssen uns leider nicht vorschriftsmäßig benommen haben. Als ich am nächsten Morgen die gleiche Serie für meine Freunde holen wollte, hieß es: ‚Bedaure.' Und sie ward nie mehr gesehen. Leider können auch meine Herren, wie ausgeleierte

Gliederpuppen, den rechten Arm nicht mehr zum deutschen Gruß hoch heben" (H. Koenig, „Hinter den Klissen eines Lebens").

Hertha Koenig veröffentlichte im Jahr 1946 ihren neuen Gedichtband „Alles ist Anfang geworden". Darin befindet sich das folgende Gedicht:

Was bleibt mir noch?

Ein Bild, ein Teppich, der Vergangenheit.
In die gestillten Farben eingesogen,
Ein Raum, der Fleiß und Ruhe ausgewogen,
Wie ward ihr Eigentum, geprägt, geweiht!
Nun aber gilt nicht mehr, was mir gehört.
Schon ziehen Scharen, die ihr Hab verloren,
Und warten draußen frierend vor den Toren,
Kommt, bis der Krieg auch uns den Herd zerstört.
Was bleibt mir noch? Ich frag es in die Nacht.
Gehorsam ziehn die Sterne. O sie schenken
Uns ihren Trost auch auf den ärmsten Wegen.
Und, ob ich eingeschlafen, ob erwacht,
Geht mit mir nicht fernhin ein liebend Denken?
Und weiß gewiß: die Antwort kommt entgegen.

(H. Koenig, aus: „Alles ist Anfang geworden",
in: „Frühling im Herbst")

„Zwei Weltkriege hat Hertha Koenig erlebt, zweimal die Furcht vor Schrecken und Vertreibung. In diesem Gedicht [...] spricht sie darüber. Doch gehören die Verse keiner bestimmten Person an. Nicht einmal einer bestimmten Zeit. Sie verdichten das wiederkehrende Schicksal von ungezählten Menschen, seit es die Menschen gibt, die Kriege, Flucht und Vertreibung. Und die Frage: ‚Was bleibt mir noch?' Das Gedicht ist kein lautstarker Protest gegen Gewalt. Es ist ein leiser Aufschrei, eindringlich und unüberhörbar. [...] Die irdischen Räume mögen verloren gehen, das geistige Zuhause jedoch, die Kraft des Glaubens, die aus ihrem Innern wächst, bleibt bestehen" (S. Viereck).

1963 veröffentlichte Hertha Koenig die biografische Erzählung „Rilkes Mutter" und 1964 den familiengeschichtlichen Roman „Der Fährenschreiber von Libau" über ihren Großvater Leopold Koenig (Neuausgabe „Der Zuckerkönig").

In den 1950er und 1960er Jahren hat Hertha Koenig noch weitere Romane, Erzählungen, Gedichte, Erinnerungen etc. geschrieben, aber obwohl sie sich zeitweise sehr intensiv um Veröffentlichungen bemühte, ist nach 1964 kein Buch mehr zu Lebzeiten veröffentlicht worden; ein Schicksal, das Hertha Koenig mit vielen Autoren teilte, die in den Jahren zwischen den beiden Weltkriegen recht erfolgreich publiziert hatten. Im Pendragon Verlag sind zahlreiche Nachlasseditionen erschienen, u. a. der Roman „Die lippische Rose", der Erzählungsband „Die helle Nacht" sowie die Lebenserinnerungen „Hinter den Kulissen eines Lebens" und die „Erinnerungen an Rilke".

Hertha Koenig hat in den 1950er/1960er Jahren einen illustren und vielfältigen Briefwechsel geführt und einige dieser Brief- bzw. persönlichen Freunde auf Gut Böckel oder an anderen Orten getroffen und besucht. So feierte sie 1964 ihren 80. Geburtstag im „Haus im Schluh“ in Worpswede.

Hans Knappertsbusch und Theodor Heuss in München

An Otto Hartmann schrieb Hertha Koenig am 29. November 1963: „Trotz allem [...] läßt mich die Frage nicht los: ob Heuss jemanden um sich hat, der ihm übermittelt, was sich in Deutschland, für Deutschland in der letzten Woche in der Richtung geändert hat, wie sein Wirken es von Anfang seines Eintretens für uns vorbereitete?“

Hertha Koenig bezog sich auf die Feierlichkeiten zur Wiedereröffnung des bayerischen Nationaltheaters in München am 21. November 1963: „Ich gehe sonst nicht zum Fernsehen; aber diesmal ging ich; und kam so ergriffen nach Haus, dass ich erst lange brauchte, bis ich wirklich glaubte, was ich da gehört hatte – und gesehen (denn das gehörte fast mit dazu).“ Das renovierte Münchner Nationaltheater wurde mit Festakt, Empfang und pomphaftem „Ehrenabend“ an jenem 21. November eingeweiht: „Beide Gebäude sind ihrer traditionellen Bedeutung würdig, das Theater noch schöner als zuvor, aus der Vernichtung hervorgegangen. Und es trifft den Kern der Sache, nämlich die Entscheidung für die ‚Rekonstruktion‘, die seinerzeit das lange und hitzige Gezänk um die

Frage ‚Wiederaufbau oder radikaler Neubau?' beendete, als Ministerpräsident Goppel in seiner Eröffnungsansprache sagte: ‚Diese Lösung könne freilich nur für München gelten, und eben darum sei sie die einzig richtige gewesen'" (W. Abendroth). „Mit der Erscheinung des alten Knappertsbusch fing es an" (H. Koenig, „Hinter den Kulissen eines Lebens"). Der Münchner Hans Knappertsbusch, einer der bedeutendsten deutschen Dirigenten seiner Zeit, hatte die musikalische Leitung beim Münchner Festakt Beethovens Festspiel-Ouvertüre „Weihe des Hauses".

Knappertsbusch „war [die] Verkörperung guter deutscher Tradition. Das steigerte sich bei der Rede des Staatspräsidenten [vielmehr: des bayerischen Ministerpräsidenten A. Goppel]. Er erinnerte daran, wie die Studenten vor sechs Jahren, als der Wiederaufbau des Theaters erörtert wurde – wie sie zeitgemäß entschieden, es solle nicht wiederaufgebaut werden, es solle Ruine bleiben. Es wurde trotzdem im alten Sinne aufgebaut. / Und nun pflanzte der Präsident mit atemberaubender Kühnheit durch seine Worte die Tradition wie ein erneuertes, aber unverrückbares Banner vor uns auf. Die bisher verpönten Worte wie Patriotismus, Vaterlandsliebe bekamen einen neuen Klang; so, wie wir ihn von Heuss her kannten; wie aber nach ihm nicht mehr recht gewagt wurde, sie hören zu lassen. Zum Schluß spielte die Militärkapelle gedämpft, aber unüberhörbar das Deutschlandlied. Dies ist doch Wende! Ich möchte, dass Heuss es recht wüßte, dass wir ihm alles nie vergessen; ich, die nicht viel von Politik mitbekommen hat – ich vergesse ihm vor allem nie die erste Rede nach der schmachvollen Zeit, als es so furchtbar schwer war, als Deutscher vor die fremden Nationen zu treten – es war in der Schweiz – nein, diese Rede in ihrer schlichten aufrichtigen Würde vergesse ich ihm nie." (H. Koenig)

Deutsche Nationalhymne – Theodor Heuss, Rudolf Alexander Schröder und Hertha Koenig

In einem Brief vom 29. November 1963 an Otto Hartmann ging Hertha Koenigs auf das Thema „Deutschlandlied" als Nationalhymne ein, dass Theodor Heuss sehr beschäftigt hatte.

Nach dem Zweiten Weltkrieg wurde in einer Verfügung des Alliierten Kontrollrates vom September 1945 festgelegt, dass das öffentliche „Absingen oder Vorspielen [...] irgendwelcher nationaler oder faschistischer Lieder oder Musik" verboten war. „Das Singen der Nationalhymne war zum ungesetzlichen Akt erklärt worden" (M. Jeismann).

Theodor Heuss hatte sich seit 1948 um eine neue deutsche Nationalhymne bemüht. Nach seiner Wahl zum ersten deutschen Bundespräsidenten 1949 konnte er tätig werden. Heuss fand den alten Text von Hoffmann von Fallersleben von 1841 nicht mehr zeitgemäß und nach der furchtbaren Zeit des Nationalsozialismus auch nicht mehr tragbar. 1950 beauftragte er Rudolf Alexander Schröder, eine „Hymne an Deutschland" zu schreiben.

In dem Postskriptum des erwähnten Briefes an Hartmann machte Hertha Koenig in Sachen des alten „Deutschlandliedes" einen interessanten neuen Vorschlag zu einer „Nationalhymne", der allerdings danach nicht mehr von ihr in die Öffentlichkeit gebracht wurde:

Mein Vorschlag:

Deutschland, Heimat über alles,
Über alles in der Welt,
Wenn es treu in alter Treue
Brüderlich zusammen hält!
Ernst im Handeln, klar im Denken,
Deutschland, Heimat, über alles,
Über alles in der Welt.

Danach schrieb sie aber als Schlusswort in jenem Brief: „Die Heimat darf ja ruhig über alles in der Welt sein."

Hertha Koenig hat sich in den 1960er Jahren intensiv mit ihrer eigenen „Heimat" beschäftigt. In einem längeren Aufsatz über ihre „Heimat", in dem sie zuerst über ihren heimatlichen Gutshof in Ostwestfalen sprach und sich vor allem über die Zeit des Dritten Reiches ausließ, schrieb sie: „Wir durften Dich behalten, Heimat. / Aber – Heimat, bist Du's noch?".

In einem „Merian"-Heft (1967) schrieb Martin Walser: „Es wird immer Schriftsteller geben, die nicht auf dem Papier bleiben können. Sie brauchen einen Augustus oder wenigstens dessen Ohr. Sie sind erfüllt. Auch von sich. Aber neben diesen Goethe-, Paul Heyse- und Gerhard Hauptmann-Figuren existieren die, die für niemanden sprechen können als für sich selbst. Die nicht überzeugt sind. Denen es schwer fällt sich zu rechtfertigen. Die mehr Schwierigkeiten mit sich selber haben als mit der Umwelt. Deren Selbstbewußtsein nicht ausreicht für sie selbst. Denen nichts so unerwünscht ist wie Einfluß, Autorität, Macht. Die anderen nur Vorwürfe machen, die sie an sich selbst ausprobiert haben." Ein Satz, wie gemacht für Hertha Koenig.

Rilke hat in einem langen Brief vom 25. Juli 1918, rund neun Monate nach seinem Aufenthalt bei Hertha Koenig auf Gut Böckel, aus München an Hertha Koenig geschrieben: „Bin ich zu spät, Sie noch einmal auf Böckel zu finden? Dabei wollte ich Ihnen täglich sagen, wie froh ich die Seiten Ihres unmittelbaren Berichts aufgefaßt habe; nichts wäre trauriger gewesen, als wenn Sie ihn zurückgehalten hätten, in meiner Verstocktheit ist mir das das glücklichste Beispiel: viele groß beschriebene Blätter zu sehen und einen Menschen dahinter zu gewahren, der lebt! [...] / In Ihren Gedanken und in Ihrer Sorgfalt vorzukommen, kann mir nicht anders als fortgesetzt wohltuend sein. Ich bin gerührt, dass Sie die oberen Stuben für mich bedenken, aber fast erschrocken, dass nun auch die, unter der Fügung glücklicher Funde, schöner werden sollen, als ursprünglich vorgesehen war; denn ich mißtraue mir, ob ich nicht immer wieder hinter den günstigen Umständen, die man mir schafft, zurückbleibe. Alle diese Wochen lag eine solche Last des Unglücks und der Sorge über mir, ich war in solche Niederungen meines Gemüts geraten, dass es rein ungangbar war. Dies hing, glücklicherweise, zum Teil an körperlichen Zuständen, wüßte ich nicht wenigstens das, so wäre die Heillosigkeit eines solchen Ausgeliefertseins grenzenlos. / [...] Meine Verfassung hat mich umso besser ermessen lassen, wie jung Sie sind, liebe Frau Hertha, und wie zuversichtlich auch noch das Bedrängendste aussieht, unter dem Sie zu leiden haben. Sie sind immer wieder vor die vollkommensten Anfänge gestellt in allem und sind dann jedesmal in der Lage einer glücklichen Jahreszeit, der sich von einem Tag zum anderen das Vielfältigste entfaltet. Sie haben unbeschreiblich unangebrauchte Kräfte und Antriebe, Lust, Blick, Bereitschaft und eine in aller Heimlichkeit gediehene Reife, die unter dem Schutz langer, fast schon definitiv gewordener Schüchternheiten zur Entscheidung gekommen ist. [...] Und es ist herrlich vorgesehen, dass Sie alle diese Wandlungen nicht nur in einer geistigen Sphäre zu machen haben, dass sich das alles am Besitz, an der greifbarsten Gestalt Ihres Eigentums und den damit verbundenen Menschen zu erproben und abzuwandeln hat. Denn im Geistigen hätten sich nie so einfache und zuverlässige Beweise herausgestellt, wie Dinge und Menschen sie Ihnen liefern –, lebte Tolstoi noch, ich würde ihm einmal von Ihrem Leben erzählt haben, von der Frau, die an Ihrem Besitz, durch die tiefe, echte unerschütterte, ja ehrfürchtige Besitzergreifung alles dessen, neben dem sie in Scheu und abwartender Armut gestanden hat – von der Frau, die an ihrem Besitz zur Freiheit gekommen ist: denn so denk ich mir Ihren Weg und sehe ihn ansteigen zu freien Stellen von weitester Aussicht und Unabhängigkeit. [...] / Lieber Gott, dieser Brief wird in Böckel sein: das überfüllt mich mit deutlichen und fühlbaren Vorstellungen. Und in dem so vielfach erleichterten Böckel! Wenn ich doch das Herz frei hätte, etwas aufzunehmen, aber selbst die Erinnerungen stehen in mir unterbrochen auf und verlieren sich in der unruhigen Finsternis meiner verhängten Natur [...] / Das allerherzlichste Gedenken. / Ihr Rilke."

Der Kunstverein Herford und die Heinrich Vogeler-Ausstellung (1955)

Schon im Jahre 1929 wurde der „Freundeskreis des *Bielefelder Kunsthauses*", des späteren *Bielefelder Kunstvereins,* gegründet. Doch erst in der Nachkriegszeit, im Jahre 1955, folgte die Gründung des *Kunstverein* im benachbarten Herford. Erster Vorsitzender wurde Gerhard Budde, der bis 1965 präsidierte. Eines der ersten Mitglieder des Herforder Kunstvereins war Hertha Koenig.

Im Gründungsjahr zeigte der *Kunstverein Herford* im Heimatmuseum neben einer Ausstellung von Aquarellen Peter August Böckstiegels eine Sonderausstellung mit späten Werken Heinrich Vogelers. Dazu bat der Herforder Kunstvereinsvorsitzende Hertha Koenig brieflich um einen Text über Heinrich Vogeler, „da sie dem Künstler mehrmals begegnet ist. Das lehnt sie zwar ab, ‚weil ich ja kein Kunstgelehrter bin', scheint aber doch einen ‚Extrakt' verfasst zu haben über ihre Empfindungen beim Betrachten der Bilder Vogelers. [...] Im selben Brief kündigt Hertha Koenig an, ihm acht Federzeichnungen von Vogeler ‚zum

Anschauen‘ mitzubringen, ‚die er damals auf Gedichte von mir malte, die ich aber noch nicht veröffentlichte.‘ Schon in diesem frühen Brief an Dr. Budde wird bei aller spürbaren Zurückhaltung deutlich, dass Hertha Koenig auf ein neues Interesse an ihrem literarischen Werk hofft. 1955 ist sie 71 Jahre alt, ihre letzte Veröffentlichung liegt elf Jahre zurück.“ (M. Osterkamp).

Im Jahr 2007 hat Theo Neteler einen Band mit Gedichten von Hertha Koenig und den oben erwähnten Federzeichnungen von Heinrich Vogeler unter dem Titel „Neue Gedichte“ herausgegeben.

Insbesondere im Jahre 1961, als der *Kunstverein Herford* sein neues Domizil in den Räumen an der Goebenstraße bezog, beschäftigte sich Hertha Koenig wieder intensiv damit, ihren eigenen Besitz an Kunsthandwerk (auf Gut Böckel) zu sichten und zu ordnen, um anscheinend wichtige Stücke davon an den *Kunstverein Herford* zu übergeben. Sie arbeitete z. B. selbst als Restauratorin „wie besessen am Reinigen der Bilder – hatte wunderbare Erfolge“. „Sie vergisst ihren täglichen Mittagsschlaf und befürchtet den Unmut ihrer Haushälterin und langjährigen Vertrauten Maria. Zu den Bildern gehören ‚ein kleiner Holländer‘ und ein Porträt ihrer Großeltern. Sie sei sehr froh, zum zeitraubenden Reinigen der fast vergessenen Bilder ‚die Geduld des Greisenalters‘ zu haben. / Diese Geduld scheint jedoch auch an Grenzen zu stoßen, wie sich später zeigt. Hat Hertha Koenig gehofft, im Kunstverein ein neues Zuhause für ihre Schätze zu finden? […] Hertha Koenig drängt auf Eile, möchte bis Juni [1961] ‚wenigstens hier die Dinge um die Ecke gebracht haben'. […] Immer mehr scheint sie der Plan zu faszinieren, die Räume des Kunstvereins mit ihrem Besitz auszustatten" (M. Osterkamp).

In einem mehrseitigen Brief vom 8. Juni 1961 „stellt sie wertvolle Orientteppiche und Brücken für den Kunstverein in Aussicht, die sie detailliert beschreibt, außerdem weiße Barockmöbel, [siehe die Möbel in Herthas Wohnung an der Widenmayerstraße in München im Foto] eine Brillantbrosche und eine Holzkrippe mit geschnitzten Figuren." Sie berichtete noch einmal über die NS-Elastolin-Spielzeugfiguren und Theodor Heuss im Jahre 1952. Außerdem macht sie sich gegenüber Budde Gedanken über den endgültigen Namen des Domizils des Herforder Kunstvereins bzw. über den „Titel unseres resp. Ihres Unternehmens". Damit formulierte sie hier zum ersten Mal „einen leisen Anspruch auf Mitbestimmung beim Kunstverein, auch wenn das eher unterschwellig geschieht" (M. Osterkamp).

Im Dezember des Jahres 1961 verbrachte Hertha Koenig wieder einen mehrwöchigen Erholungsaufenthalt, diesmal in Baden-Baden. „Der Kunstverein hat sie inzwischen zum Ehrenmitglied ernannt. In einem [weiteren] Brief an Dr. Budde drückte sie ihre Freude darüber aus – ‚nicht nur die lästerlich erwähnte', jetzt keinen Mitgliedsbeitrag mehr zahlen zu müssen, ‚weil mir kaum etwas fataler ist, als das Ausfüllen eines Anmeldezettels oder einer Postanweisung.' Der eher distanzierte Stil ihres Briefes deutet darauf hin, dass sie die Ehrung erwartet hat." Allerdings scheint die inzwischen 80-jährige Schriftstellerin und Kunstsammlerin ihr primäres Interesse am *Kunstverein Herford* verloren zu haben: „Ihr Wunsch und ihre Hoffnung, im Kunstverein einen ständigen Ort für ihre Schätze zu finden, können sich nicht erfüllen, da der Verein andere Ziele verfolgt. Hertha Koenig geht auf Distanz“ (M. Osterkamp). In den folgenden Jahren riss der Kontakt von Hertha Koenig mit dem *Herforder Kunstverein* zumindest bis 1965 zwar nicht ab, danach widmete sie sich jedoch offensichtlich ganz ihren literarischen Ambitionen.

Max Picard in München und Neggio, Oskar Maria Graf in New York

Ein früherer guter Freund von Hertha Koenig aus Münchner (Revolutions-)Zeiten war der Arzt (bis 1918) und spätere Schweizer Schriftsteller Max Picard. Dieser hatte u. a. in München Medizin und Kunstgeschichte studiert und lebte bis zu seinem Tode 1965 in Neggio / Tessin. Als einer der ersten Kunsthistoriker seiner Zeit veröffentlichte er 1918 ein Buch über „Expressionistische Bauernmalerei“.

Spätestens von da an hatte Hertha Koenig Max Picard kennengelernt, denn sie begann zu dieser Zeit damit, sich intensiv mit den volkskundlichen süddeutschen „Hinterglasbildern“ zu beschäftigen und eine bedeutende Sammlung historischer Hinterglasbilder aufzubauen.

„Im Vorfrühling 1919“, so erinnerte sich Hertha Koenig selbst, „hatte mir Rilke gesagt: ‚Ich bringe morgen einen sehr lieben jungen Menschen mit zum Tee – er hat einen schönen Vortrag über Hinterglasmalerei gehalten.'" Hertha Koenig und Rilke „saßen im großen, weißen Picasso-Raum in der Leopoldstraße. Die ‚Gaukler' waren im Mittelpunkt des Gespräches. Der junge Mann hörte still zu, was Rilke darüber sagte. Einige Zeit nach diesem Nachmittag sagte mir eine junge Frau: ‚Ich war bei Dr. Picard; er zeigte mir einen kleinen Klosterkrug mit Zinndeckel: ‚Den hat mir Hertha Koenig geschenkt.' Als ich fragte, wer das sei, fuhr er mich an, als hätte ich gefragt, wer Frau von Stein sei.' Warum gerade Frau von Stein?, dachte ich und fühlte mich nicht geschmeichelt. / In meinem Picasso-Raum hatte Picard ein Hinterglasbild gesehen – Alt-Sanssouci. Nach einiger Zeit bekam ich sein Buch ‚Expressionistische Bauernmalerei' mit einer Widmung von ihm." Danach zog Hertha Koenig 1920 „in die Nähe von Rosenheim. Rilke war inzwischen in die Schweiz abgereist. Picard sah ich nicht wieder."

Erst Ende der 1950er Jahre konnten Hertha Koenig und Max Picard wieder per Brief Kontakt aufnehmen. Er schrieb aber an sie, dass er aus Gesundheitsgründen nicht nach Böckel kommen könne: „Er bat, ich möchte nach Neggio kommen, dort sei man im Gästehaus bei Benediktinerinnen gut untergebracht. / Ich fuhr hin. Die Reise ging schneller als vermutet. Eine halbe Stunde vor der vereinbarten Zeit läutete ich an Picards Haustür. Ich stand der kleinen Gestalt mit dem ausgeprägten Gesicht, den durchdringenden Augen gegenüber. Die schönen Züge verzerrten sich bei meinem Anblick in ein unverkennbares Entsetzen. Ich fühlte mich bekümmert, kleinmütig. Eine schwere Krankheitszeit lag hinter mir. Immer fürchtete ich, auf die Depression hin angesehen zu werden – diesen Seheraugen konnte nichts entgehen. [...] Ich war Picards Aufforderung, nach Neggio zu kommen, [zuerst] nicht gefolgt, weil ich von Herbst 1958 bis Frühjahr 1959 mit der zweiten Depression in einer Klinik lag" (H. Koenig). Dies lässt auf eine längerfristige Erkrankung schließen, denn bereits 1947 befand sich Hertha Koenig wegen Depressionen in einer Klinik in Behandlung.

Beide, Hertha Koenig und Max Picard, saßen oben auf der Terrasse mit Blick auf den Luganer See und die Tessiner Berge. Schon bald tauchten „gemeinsame Bekannte aus der Münchner Zeit vor uns auf. Picard wurde lustig, erzählte ..." Nun folgte fast jedes Jahr ein Besuch in Bayern „von Max Picard bei mir in Deigstetten, wenn er in Starnberg weilte, im Hause meiner Namensschwester Dora König [...]. / In diesem Hause König bei Doras Eltern, sollte Picard damals jenen Vortrag über Hinterglasmalerei halten, den Rilke vor der ersten Begegnung erwähnt hatte. [...] Er liebte meine Hinterglasbilder. Einmal ließ ich ihn eines aussuchen. Er wählte die kleine holländische Fischerlandschaft. Und weil er einmal gesagt hatte, was man verschenkt, muß einem vom Herzen abgehen, so bekam er sie" (H. Koenig). Offensichtlich hat Hertha Koenig schon in den 1950er Jahren, zumindest zeitweise, wieder ein ansprechendes Domizil bei München für ihre Aufenthalte bzw. Urlaube übernommen. Dies lag im Hause der Lebensgefährtin von Max Picard, Dora König, in Deigstetten bei Straßlach, nahe dem Starnberger See.

In einem Brief an Max Picard vom 30. August 1961 schrieb Hertha Koenig: „Ich habe auch ein Lebenswerk zu vollenden, wenn auch kein Verleger zu mir kommt und mich darum angeht, wie das bei Ihnen ist, und wenn ich keine Festvorträge an der Bayrischen Akademie zu halten habe – Sie hätten mich ruhig Ihren Aufenthalt in Starnberg wissen lassen können – ich belästige selten jemanden länger, als ihm lieb ist [...] Kommen Sie nach Starnberg, so hole ich Sie wieder in mein Deigstetten. Oder war der Heilbutt weniger gut als zwei Jahre zuvor?"

Im September 1964 trafen sich Hertha und Picard wiederum in der Nähe von Starnberg in Deigstetten bzw. in München: „Ich stand mit Maria vor den aufgebauten Gemüse-Herrlichkeiten bei Dallmeier in München. Den Heilbutt hatten wir schon ausgesucht; jetzt kam noch der Nieselsalat. ‚Wir wollen von den Artischocken mitnehmen', sagte ich – ‚Vielleicht freut's ihn.' Maria hatte Bedenken: ‚Dazu gehört die gute Neubeurer Mousseline-Soße, die wird er nicht vertragen, nicht wollen.' Ich meinte, dann nähme er halt nur ein bißchen davon. Dann aber hatte gerade sie es ihm angetan. Er nahm ohne Bedenken. Als er mit der Artischocke fertig war, begoß er den Heilbutt damit, und zum Schluß: ‚Darf ich den Topf leer essen?'" (H. Koenig, „Hinter den Kulissen eines Lebens").

Im August 1965 begann Picards langwierige Erkrankung. Daraufhin überwies Hertha Koenig, wie früher schon häufiger, Geld an ihn, der sich dafür bedankte: „Liebe Hertha! Das Geld ist gekommen, es liegt ganz unaufrührerisch und ohne jede Absicht da, nicht aufgebraucht durch unnütze Zwecke." [...] Am 29. September 1965 fuhr Hertha Koenig noch einmal nach Neggio und wachte einige Tage am Krankenbett Picards. Am 3. Oktober 1965 verstarb er. Hertha Koenig widmete ihm ihr Gedicht „Freundschaft":

Freundschaft

Du Menschenwesen, das mir einst begegnet
Wie tausend andere – warum gerade Du
Gehörst Du mir so innig zu?
Ich liebe Dich und fühle mich gesegnet.

Ich trage Dich und fühle mich getragen.
Du willst mir danken, und ich bin beschenkt;
Und jedes Wachstum wie von Dir gelenkt,
Du lichte Antwort auf mein dunkles Fragen.

Was ists, das Dich so unentbehrlich macht?
Du Gegenwart, die Fernen überwindet –
Einklang in jedem schwebenden Betracht,
Vertrauen, wo sich keine Lösung findet?

Gehört doch alles was Du mir gebracht,
Dem Strome zu, der mich mit Gott verbindet.

Nachdem sie im Jahr 1963 ihr Werk über „Rilkes Mutter“ veröffentlichen konnte, hat Hertha Koenig nach Jahrzehnten wieder mit Oskar Maria Graf Kontakt aufgenommen. Sie schickte ihm ein Exemplar ihres Buches zu. Prompt antwortete Graf in einem Brief vom 16. November 1963 nach Böckel: „Liebe, gute Frau Hertha Koenig! Ach, wie hat mich das beschaemt und gefreut, als ich heute Ihre kleine Schrift ueber ‚Rilkes Mutter‘ bekam – noch dieser Tage dachte ich an Sie und erinnerte mich an unser letztes Zusammensein da irgendwo in Bayern.“ Später führte er über das Buch aus: „Bei aller Behutsamkeit, mit welcher Sie diese Mutter Rilke abschildern (und Vieles ist höchst wichtig in Bezug auf ihn) lasse ich mich nicht davon abbringen, dass Phia Rilke für den Dichter von fruehester Kindheit auch eine verheerende Belastung war, eine geradezu daemonische Hexe, an der das Meiste hysterische Verlogenheit war“ (O. M. Graf).

Hertha Koenig, „Rilkes Mutter“, Neske Verlag, Pfullingen 1963

Portrait Phia Rilke

Portrait Hertha Koenig

Lebensende und Rezeption

Nach einem langen Leben starb Hertha Koenig am 12. Oktober 1976 im hohen Alter von 92 Jahren auf Gut Böckel. Bestattet wurde sie im familieneigenen Erbbegräbnis im Voßholz nahe ihrem Gut. Ihre wertvolle Kunstsammlung mit Werken beispielsweise von Ferdinand Hodler, Bernhard Hoetger, Paul Klee, Emil Nolde oder Heinrich Vogeler vermachte sie an die *Kunsthalle Bielefeld*, ebenso wie ihre große textile Spitzensammlung und eine Sammlung von Hinterglasbildern. Ihre umfangreiche Bibliothek mit rund 1 000 privaten Bänden ging an die *Stadtbibliothek Bielefeld*. Die Sammlung kunstgewerblicher Objekte wurde an das damalige *Kulturhistorische Museum Waldhof* in Bielefeld übertragen, das seit 1984 als *Museum Huelsmann* firmiert. Von besonderer Bedeutung ist der literarische Nachlass Hertha Koenigs, der 1986 an das *Deutsche Literaturarchiv* in Marbach am Neckar übereignet wurde. Zuvor schon vermachte Hertha Koenig die Briefe Rilkes an das Archiv in Marbach. Ein Teil davon wurde erstmals 1978 in einem Sonderheft der „Blätter der Rilke-Gesellschaft" über „Rainer Maria Rilke und Hertha Koenig – Erinnerungen, Dokumente, Erläuterungen" veröffentlicht (T. Neteler (Hg.), Rainer Maria Rilke, „Briefe an Hertha Koenig 1941-1921").

Die heutige *Deutsche Schillergesellschaft e. V.* ist seit 1903 Trägerin des *Schiller-Nationalmuseums* und des *Deutschen Literaturarchivs* in Marbach (von 1955), verbunden mit dem *Literaturmuseum der Moderne* (seit 2006). Nach dem Ersten

Weltkrieg warb der damalige Vorstand des Schiller-Vereins und Direktor des *Schiller-Nationalmuseums,* der schwäbische Germanist Otto Güntter, im Mai 1920 wieder um neue Mitglieder mit den Worten: „Der wertvollste Besitz des deutschen Volkes und der einzige, den ihm niemand rauben kann, sind seine geistigen Güter. Zu ihnen hinzuführen hat sich der *Schwäbische Schillerverein,* der im Mai 1920 auf 25 Jahre seines Bestehens zurückblicken kann, zur Aufgabe gesetzt. Er sucht diese zu erfüllen durch seine Veröffentlichungen und durch die ständige Ausstellung im Schillermuseum in Marbach, in dem unter dem größten unter ihnen auch die andern Dichter aus Schillers Heimat vereinigt sind und das eine Volksbildungsstätte im besten Sinne des Wortes genannt werden darf.

Daraufhin trat Hertha Koenig von München aus im Januar 1923 dem renommierten Schwäbischen Schiller-Verein als Mitglied bei.

Hertha Koenigs Großneffe und Erbe, der Norweger Halvor Jörgensen, der seit 1977 das Gut Böckel bewirtschaftete, regte den Kreis Herford an, zum zehnjährigen Todesdatum im Oktober 1986 eine entsprechende Gedenkausstellung zu Leben und Werk von Hertha Koenig zu organisieren. Die literaturwissenschaftlichen Vorbereitungen und Recherchen übernahmen ab Januar 1985 u.a. Bielefelder Germanistinnen im *Widukindmuseum Enger.* Dort fand im Oktober und November 1986 die erste Sonderausstellung „Hertha Koenig – 1884-1976 – Spuren einer westfälischen Dichterin“ im Auftrag des Kreises Herford statt. Danach wurden in den 1980er und 1990er

Jahren einige weitere literatur- und kulturgeschichtliche Schriften über Hertha Koenig in verschiedenen Zeitschriften und Sachbüchern veröffentlicht.

Im Jahr 1994 wurde die *Hertha Koenig-Gesellschaft* auf Gut Böckel gegründet. Sie hat es sich vornehmlich zur Aufgabe gemacht, das literarische Erbe der lange Jahre in Vergessenheit geratenen Dichterin wieder lebendig werden zu lassen. Dabei geht es auch um die Aufarbeitung des literarischen Nachlasses der Dichterin, die Zusammenarbeit mit kulturellen Institutionen der Region und die Durchführung von kulturellen Veranstaltungen in Haus und Park von Gut Böckel wie z. B. Lesungen am Kamin und in der Kapelle sowie Konzerte, Theateraufführungen und Ausstellungen. Seit 1999 ist eine Werkausgabe der Schriften von Hertha Koenig im Pendragon Verlag erschienen.

Halvor Jörgensen hat Gut Böckel 1991 an Ernst Leffers verkauft. Obgleich im Privatbesitz wird Gut Böckel mehrmals im Jahr für Veranstaltungen geöffnet. In dem behutsam restaurierten Gebäudeensemble finden Lesungen mit Autoren und Schauspielern (u. a. mit Erika Pluhar, Hannelore Elsner, Eva Matthes, Bruno Ganz) und einmal im Jahr ein großes Orchesterkonzert im Rahmen des inzwischen etablierten ‚Russischen Sommers' statt.

In dem von zahlreichen Solitärbäumen geprägten Landschaftspark – angelegt von dem Gartenarchitekten Rudolph Jürgens, der auch den Park der Villa Hammerschmidt gestaltet hatte – werden Werke international bekannter Künstler wie Ilya und Emilia Kabakov, Not Vital und Richard Deacon präsentiert. Hinzu kommt noch das jährliche „Wege durch das Land"-Festival, das seit mehreren Jahren auch auf Gut Böckel stattfindet. Seit 2004 wird in unregelmäßig zeitlichen Abständen der „Hertha Koenig-Literaturpreis" verliehen, bisher an folgende Preisträgerinnen: Irina Korschunow, Ulla Hahn, Jenny Erpenbeck, Alissa Walser, Angelika Klüssendorf und zuletzt Nino Haratischwili.

Die von der Gesellschaft gewählte Preisträgerin kann darüber hinaus ihrerseits eine junge Nachwuchsautorin benennen. Mit dem „Kleinen Hertha Koenig-Preis" wurden bislang Ulrike Almut Sandig, Susanne Stephan, Nadja Einzmann, Christiane Neudecker und zuletzt Lina Atfah ausgezeichnet.

Leben und Tod

Ich hielt zum Leben, und der Tod war Feind.
Sein wissend Lächeln machte mich verlegen,
Ein Mißtraun zwang es mich beschämt zu hegen,
Daß ich dem Freunde nie mich ganz vereint.

Bis ich den Tod erkannte – nah verwandt
Dem Leben, und des gleichen Liebens wert;
Seit ich vertrauend mich zu ihm bekehrt,
Geh ich mit Tod und Leben Hand in Hand.

Denn ich bin reif. Ich hänge nur am Sein
Wie an dem Stamme, der mich überdauert,
Und leuchte auf im späten Sonnenschein;

Und wenn der Herbstwind durch die Zweige schauert,
Wird sein Berühren mir den Trost verleihn;
Der süßen Schwere, die der Tod belauert.

(H. Koenig, aus: „Blumen“, in: „Frühling im Herbst)

Portrait Hertha Koenig

Quellenverzeichnis

Für Hinweise und Unterstützung danken wir dem Deutschen Literaturarchiv in Marbach, wo sich der Nachlass von Hertha Koenig befindet. Auf Typoskripte und Briefe wurde für dieses Buch zurückgegriffen.

Wolfgang Belitz, „Gustav von Bodelschwingh. Der Lehmbaupastor von Dünne. Eine biographisch-sozialethische Skizze", Münster 2007.

Klaus E. Bohnenkamp (Hg.), „Hugo von Hofmannsthal, Rudolf Kassner und Rainer Maria Rilke im Briefwechsel mit Elsa und Hugo Bruckmann 1893-1941", Göttingen 2014.

Rolf Botzet (Hg.), Heinrich Kochendörffer, „Vincke. Erster Teil (1774-1807), Soest 1932; Peter Burg, Ludwig Freiherr von Vincke", Münster 1994.

Attilio Brilli, „Als Reisen eine Kunst war. Vom Beginn des modernen Tourismus. Die „Grand Tour", Berlin 2012.

Günther Butkus (Hg.), „Gut Böckel – Mit Erinnerungen von Hertha Koenig und ergänzenden Texten von Eike Birck", Bielefeld 2010.

Martin Eisentraut, „Alexander Koenig und sein Werk", Bonn 1973.

Peter Exner, „Ländliche Gesellschaft und Landwirtschaft in Westfalen 1919-1969", Paderborn 1997.

Helmut P. Fleischhauer, „Kindheitserinnerungen an Gut Böckel 1949-1957", Selbstverlag, Forst 2018.

Werner Freitag (Hg.), „Das Dritte Reich im Fest: Führermythos, Feierlaune und Verweigerung in Westfalen 1933-1945", Bielefeld 1997.

Salomo Friedländer-Mynona, „Briefwechsel I, 1878-April 1919". Aus dem Nachlass herausgegeben von Hartmut Geerken, Detlef Thiel und Sigrid Hauf, Herrsching 2018.

Heike Gfrereis / Ulrich Raulff (Hg.), „Die Seele. Die Dauerausstellung im Literaturmuseum der Moderne", Marbach 2015.

Oskar Maria Graf, „Gelächter von Außen. Aus meinem Leben", 1918-1933, München 1966.

Peter Hamm, „Das Schwinden des Schweigens. Ein Versuch, Max Picard wieder zu entdecken", in: „Die Zeit" am 16. 2. 1990.

Kristiana Hartmann, „Deutsche Gartenstadtbewegung. Kulturpolitik und Gesellschaftsreform", München 1976.

Dirk Heißerer, „Wo die Geister wandern. Literarische Spaziergänge durch Schwabing", München 2016.

Theodor Heuss, „Aufzeichnungen 1945-1947“, Tübingen 1966.
Theodor Heuss, „Rede des Bundespräsidenten zur Hundert-Jahr-Feier des Germanischen Nationalmuseums Nürnberg“, in: „Die Neue Zeitung“, 23./24. 8. 1952, in: Christoph Stölzl (Hg.), „Deutsches Historisches Museum. Ideen-Kontroversen-Perspektiven“, Frankfurt am Main 1988.

Bernhard Höfele, „Deutsche Nationalhymnen. Geschichte-Melodien-Texte“, Bonn / Norderstedt 2006.

Ralf Höller, „Das Wintermärchen. Schriftsteller erzählen die bayerische Revolution und die Münchner Räterepublik 1918 / 1919“, Berlin 2017.

Jutta Hülsewig-Johnen (Hg.), „Der Blaue Reiter – Avantgarde und Volkskunst“, Bielefeld 2003.

Michael Jeismann, „Die Nationalhymne“, in: Étienne Francois / Hagen Schulze (Hg.), „Deutsche Erinnerungsorte“, Band III, München 2001.

Miriam Käfer, „Hitlers frühe Förderer – Das Verlegerehepaar Bruckmann“, in: Marita Krauss (Hg.), „Rechte Karrieren in München. Von der Weimarer Zeit bis in die Nachkriegsjahre“, München 2010.

Gerhard Kaldewei (Hg.), „Hertha Koenig – Spuren einer westfälischen Dichterin“, Bielefeld 1986.

Walter Kempowski, „Tadellöser & Wolff“, München 1971.

Walter Kempowski, „Wer will unter die Soldaten“, München 1976.

Alexander Koenig, „Autobiographie“, Bernburg 1938.

Detlev Kopp, „Hertha Koenig“, in: Bernd Kortländer (Hg.), „Literatur von nebenan 1900-1945. 60 Portraits von Autoren aus dem Gebiet des heutigen Nordrhein-Westfalen“, Bielefeld 1995.

David Clay Large, „Hitlers München. Aufstieg und Fall der Hauptstadt der Bewegung“, München 1998.

Ulrich Linse, „Die Kommune der deutschen Jugendbewegung: Ein Versuch zur Überwindung des Klassenkampfes aus dem Geiste der bürgerlichen Utopie. Die ‚kommunistische Siedlung Blankenburg‘ bei Donauwörth 1919/20“, in: „Zeitschrift für bayerische Landesgeschichte“, Beiheft 5, Reihe B, München 1973.

Wolfgang Martynkewicz, „Salon Deutschland. Geist und Macht 1900-1945“, Berlin 2009.

Horst Milde, „Der Weiße Hirsch. Aufstieg und Fall eines Erholungsortes“, Dresden 2005.

Baal Müller (Hg.), „Alfred Schuler. Gesammelte Werke“, Treuenbrietzen 2007.

Theo Neteler, Vorwort, in: Hertha Koenig, „Neue Gedichte. Mit Zeichnungen von Heinrich Vogeler – Rekonstruktion eines Buchprojektes von 1913, Bielefeld 2007.

Theo Neteler, Vorwort in: Rainer Maria Rilke, „Briefe an Hertha Koenig 1914-1921“, Bielefeld 2009.

Theo Neteler, Vorwort in: Rainer Maria Rilke, „Briefe von Gut Böckel 24. Juli – 2. Okrober 1917“, Bielefeld 2011.

Brigitte Neuparth, „Hertha Koenig. Zum Leben und Werk einer westfälischen Schriftstellerin“, in: Winfried Freund / Karl-Alexander Hellfaier (Hg.), „Aus Nichts schafft Gott, wir schaffen aus Ruinen!“ Grabbe-Jahrbuch, Emsdetten 1986.

Marold Osterkamp, „Der Kunstverein und Hertha Koenig“, in: „Herforder Kunstverein im Daniel-Pöppelmann-Haus (Hg.), 50 Jahre Herforder Kunstverein 1955-2005“, Herford 2005.

Josep Palau i Fabre, „Picasso. Kindheit und Jugend eines Genies, 1881-1907“, München 1981.

Joachim Radkau, „Theodor Heuss“, München 2013.

Rainer Maria Rilke, „Duineser Elegien“, Leipzig 1923.

Rainer Maria Rilke, „Gesammelte Briefe in sechs Bänden“, Leipzig 1930-1939.

Rainer Maria Rilke, „Briefwechsel mit Regina Ullmann und Ellen Delp“, hg. von Walter Simon, Frankfurt am Main 1987.
Rainer Maria Rilke, „Briefe an Hertha Koenig – 1914 – 1921“, Hg. und mit einer Einführung von Theo Neteler, Bielefeld, 2009.

Rainer Maria Rilke, „Briefe von Gut Böckel – 24. Juli – 2. Oktober 1917“, Hg. und mit einer Einführung von Theo Neteler, Bielefeld, 2011.

Bernd Roeck, „Florenz 1900. Die Suche nach Arkadien“, München 2003.

Norbert Sahrhage, „Bünde. Stadt und Amt von 1719 bis 1990“, Bielefeld 2019.

Ursula Salentin / Liselotte Hammerschmidt, „Chronik der Villa Hammerschmidt und ihrer Bewohner“, Bergisch-Gladbach 1991.

Sabine Schlenker / Beate C. Arnold, „Heinrich Vogeler. Künstler -Träumer-Visionär“, München 2012.

Detlef Schmiechen-Ackermann, „Die nationalsozialistische Herrschaft im ‚völkischen Kernland‘ des ‚Dritten Reiches‘: Politik und Gesellschaft in den NS-Gauen Osthannover, Südhannover-Braunschweig und Weser-Ems 1933-1945“, in: Gerd Steinwascher, (Hg.), „Geschichte Niedersachsens, Band 5: Von der Weimarer Republik bis zur deutschen Wiedervereinigung“, Hannover 2010.

Ingeborg Schnack, „Rainer Maria Rilke. Chronik seines Lebens und seines Werkes 1875-1926“, Frankfurt a. M./Leipzig 2009
Harald Scholtz, „NS-Ausleseschulen. Internatsschulen als Herrschaftsmittel des Führerstaates“, Göttingen 1973.

Volker Schupp, „Emil Servatius Gött“, aus: „Badische Biographien, Neue Folge 6“, Hg. im Auftrag der Kommission für geschichtliche Landeskunde in Baden-Württemberg von Fred L. Sepaintner Stuttgart 2011.

Peter Sprengel, „Geschichte der deutschsprachigen Literatur 1900-1918. Von der Jahrhundertwende bis zum Ende des Ersten Weltkrieges“, München 2004.

Heinrich Tessenow, „Geschriebenes. Gedanken eines Baumeisters“, Hg. von Otto Kindt, Braunschweig 1982.

Verschönerungsverein Weißer Hirsch, Oberloschwitz e.V. Hg., „Der Weiße Hirsch. Ein Lesebuch“, Dresden 2001.

Stefanie Viereck, Nachwort in: Hertha Koenig, „Frühling im Herbst – Ausgewählte Gedichte“, Bielefeld 1999.

Stefanie Viereck, Vorwort in: Hertha Koenig, „Hinter den Kulissen eines Lebens“, Bielefeld 2004.

Werke von Hertha Koenig

Veröffentlichungen zu Lebzeiten:

Sonnenuhr
Gedichte. Becksche Verlagsbuchhandlung. München 1910

Emilie Reinbeck
Roman. S. Fischer Verlag. Berlin 1913

Die kleine und die große Liebe
Roman. S. Fischer Verlag. Berlin 1917

Sonette
Gedichte. Insel Verlag. Leipzig 1917

Blumen
Gedichte. S. Fischer Verlag. Berlin 1919

Die Letzten
Novelle. S. Fischer Verlag. Berlin 1920

Die alte Stadt
Gedichte. Kaemmerer Verlag. Berlin 1925

Alles ist Anfang geworden
Gedichte. Holzwarth Verlag. Iserlohn 1946

An Jedermann
Gedanken auf dem Heimweg aus dem Film „Nachtwache“, Privatdruck, Lingen-Ems, 1951

Rilkes Mutter
Essay. Neske Verlag. Pfullingen 1963

Der Fährtenschreiber von Libau
Eine Familiengeschichte. Roman. Neske Verlag. Pfullingen 1964

Neuausgaben und Veröffentlichungen aus dem Nachlass im Pendragon Verlag

Der Zuckerkönig
Eine Familiengeschichte
(Neuausgabe von „Der Fährenschreiber von Libau“)
Vorwort von Stefanie Viereck
Bielefeld 2012

Die helle Nacht
Frauenportraits
Aus dem Nachlass herausgegeben von Günther Butkus
Nachwort von Stefanie Viereck
Bielefeld 2013

Die kleine und die große Liebe
Roman mit einem Nachwort von Stefanie Viereck
Bielefeld 2001

Die Letzten / An Jedermann
Prosa
Nachwort von Stefanie Viereck
Bielefeld 2001

Die lippische Rose
Roman
Aus dem Nachlass herausgegeben von Günther Butkus
Nachwort von Stefanie Viereck
Bielefeld 2003
Neuausgabe als Taschenbuch, Bielefeld 2011

Emilie Reinbeck
Roman über die schwäbische Romantik
Herausgegeben und mit einem Nachwort von Tilman Krause
Bielefeld 2008

Erinnerungen an Rilke / Rilkes Mutter
Erinnerungen
Herausgegeben und mit einem Vorwort von Joachim W. Storck
Bielefeld 1992, 2. erweiterte Auflage, Bielefeld 2002

Frühling im Herbst
Gedichte aus den Jahren 1910-1946
Ausgewählt und herausgegeben von Günther Butkus
Mit Zeichnungen von Hertha Koenig
Nachwort von Stefanie Viereck
Bielefeld 1999, 2. erw. Auflage 2004

Hinter den Kulissen eines Lebens
Lebenserinnerungen – Rilke, Heuss und Heidegger
zu Besuch auf Gut Böckel
Aus dem Nachlass herausgegeben von Günther Butkus
Bielefeld 2004, 2021

Neue Gedichte
Gedichte
Rekonstruktion eines Buchprojektes von 1913
Mit Zeichnungen von Heinrich Vogeler
Aus dem Nachlass herausgegeben und mit einem Vorwort von
Theo Neteler
Bielefeld 2007

Gerhard Kaldewei wurde 1951 in Hamm / Westfalen geboren. Er studierte Geschichte und Museumspädagogik in Münster und Hildesheim, wo er 1988 promovierte. Ab 1983 leitete er u. a. Museen in Enger, Kalkar und Delmenhorst. 2007 wurde er zum Honorarprofessor an der Universität Oldenburg ernannt. Er hat zahlreiche Bücher und Studien veröffentlicht.

Alexander Häusser, geboren 1960 in Reutlingen, studierte Germanistik, Philosophie und Geschichte. Für sein Werk erhielt er zahlreiche Auszeichnungen. Häusser lebt mit seiner Familie in Hamburg. Zuletzt erschien sein Roman „Noch alle Zeit“.

Diese Veröffentlichung wurde von der Hertha-Koenig-Gesellschaft e.V. gefördert.

Pendragon Verlag
gegründet 1981
www.pendragon.de

Originalausgabe
Veröffentlicht im Pendragon Verlag
Günther Butkus, Bielefeld 2022

Umschlag und Herstellung: Uta Zeißler
Satz: Pendragon Verlag auf Macintosh
Gesetzt aus der Adobe Garamond
ISBN 978-3-86532-688-1
Gedruckt in Deutschland

MIX
Papier
FSC® C083411